WENN EIN LÖWE BRÜLLT

Lion's Pride, Band 2

EVE LANGLAIS

Copyright © 2015, Eve Langlais

Cover Art von Yocla Designs © 2016/2018

Übersetzt ins Deutsche von Dominik Weselak

Produziert in Kanada

Herausgegeben von Eve Langlais

http://www.EveLanglais.com

E-ISBN: 978 177 384 018 5

Print ISBN: 978 177 384 0192

Ist ein fiktives Werk und die Charaktere und Dialoge in der Geschichte entstammen der Fantasie des Autors und sind frei erfunden. Jede Ähnlichkeit mit wahren Begebenheiten oder Personen, lebendig oder tot, ist rein zufällig.

Kein Teil dieses Buches darf ohne die schriftliche Erlaubnis des Autors in irgendeiner Form reproduziert oder weitergegeben werden, weder auf elektronische noch maschinelle Weise. Dies schließt ein, aber ist nicht beschränkt auf, digitale Kopien, File Sharing, Tonaufnahmen, E-Mail und Druck.

Kapitel 1

BABYSITTEN. DIESE DEMÜTIGUNG SCHMERZTE – UND sie tat das nicht auf eine Art, die man mit etwas Wundsalbe behandeln konnte.

Für einen Samstagabend konnte Hayder sich etwas Schöneres vorstellen, als auf Jeoffs jüngere Schwester aufzupassen. Etwas Wichtigeres. Zum Beispiel hätte seine Mähne wirklich eine Behandlung mit warmem Öl vertragen können, um sie geschmeidig zu halten und Spliss zu vermeiden. Oder er hätte *Call of Duty* spielen und sein Prestige-Level erhöhen können.

Aber nein. Anscheinend bedeutete es heutzutage nichts mehr, der Stellvertreter des Bosses zu sein. Arik, der Alpha des Rudels, hatte gesagt „Beschütze das Mädchen", worauf Hayder mit „Den Teufel" geantwortet hatte. Da Arik niemand war, der Ungehorsam zuließ – oder eine Chance auf Sport ausließ – , war er über seinen Schreibtisch gesprungen, hatte Hayder zu Boden gerungen, ihn in den Schwitzkasten genommen und gedroht, ihm von Kira den Kopf rasieren zu lassen, sollte er nicht gehorchen.

Nicht meine Haare! Die Gefahr, seine schöne Mähne verlieren zu können, ließ Hayder den Job annehmen.

Aufgrund dieser erzwungenen Übereinkunft fand er sich nun vor einer unauffälligen Tür wieder, wo er die nächsten Tage oder, Gott bewahre, Wochen stehen würde, sollte sich die Situation nicht schnell klären.

Ich will spielen. Welch trauriger Wunsch.

Sein inneres Kätzchen verstand das Konzept von Pflicht nicht. Es wollte auf die Farm, die das Rudel außerhalb der Stadt besaß. Viele Hektar von Weizenfeldern und verwilderten Wäldern, in denen es von Getier nur so wimmelte. Der perfekte Ort für etwas Sport.

Aber das würde nicht passieren. Er hatte seine Befehle, und egal ob sie ihm gefielen oder nicht – definitiv nicht! – Hayder war niemand, der seine Pflichten vernachlässigte. Er mochte knurren und stöhnen, ja, aber letztendlich respektierte er Ariks Herrschaft – und fürchtete Leos mäßigende Faust.

Der Omega des Rudels glaubte nicht daran, dass man durch Diskutieren zu einer für beide Seiten annehmbaren Lösung kommen konnte. Er bläute den Menschen Verstand ein, weil das, wie er erklärt hatte, *schneller ging*.

Hayder hob die Hand und klopfte an die Wohnungstür, wartete jedoch nicht auf eine Antwort. Als Beta des Rudels hatte er gewisse Freiheiten, wie etwa Zugang zu allen Wohneinheiten des Gebäudes – eines Gebäudes, das vom Rudel verwaltet wurde.

Er legte seine Hand auf das Kontrollfeld neben der Tür und wartete auf das Klicken des Schlosses, bevor er die Türklinke drückte. Ungeladen trat er ein – und erstarrte vor Schreck.

Aus gutem Grund, denn auf sein Gesicht war eine

Pistole gerichtet. Kugeln aus kurzer Entfernung verhießen nichts Gutes.

Doch die Pistole war nicht das Schockierendste, dem er gegenüberstand. Nein, das war das besitzergreifende Knurren seines Löwen und eine unbestreitbare Gewissheit, die ihn traf, als er den Duft der Frau aufnahm, die die Waffe hielt. Und nicht nur irgendeiner Frau.

Mein. Unsere Gefährtin.

Oh oh.

Wie die meisten Gestaltwandler hatte Hayder von dieser sogenannten Gewissheit gehört, die bestimmte Paare heimsuchte, wenn sie sich zum ersten Mal sahen. Dieser Moment der Erkenntnis. Oder in seinem Fall, das Zuschlagen der Zellentür mit der Aufschrift Monogamie.

Argh. Nicht dieses böse M-Wort.

Ein feiger Löwe wäre vermutlich davongestürmt, aber Hayder hatte vor nichts Angst, besonders nicht vor der kleinen und zitternden Frau vor ihm.

Sie reichte ihm kaum bis zum Kinn und ihre dunklen Haare waren zu einem Pferdeschwanz zusammengebunden. Das war kein furchteinflößender Anblick. Im Gegenteil, alles an ihr wirkte sanft und zart, angefangen von ihrer weichen Haut und den langen Wimpern, die ihre großen braunen Augen einrahmten, bis zu ihren wunderschön geformten rosa Lippen. Und sie war, ihrem Duft nach zu urteilen, eine Lykanerin.

Katzen und Hunde sollen sich nicht vermischen. Aber wie sollte er das seinem Löwen beibringen, der ihn dazu drängte, über ihre Wange zu lecken und Hallo zu sagen.

Ähm, nein. Irgendwie schien es nicht angebracht, eine Frau, die mit einer Pistole bewaffnet war, abzuschlabbern. Aber sich vorzustellen könnte vielleicht helfen.

„Bist du Jeoffs Schwester?", fragte er, da sie nicht gewillt schien, etwas zu sagen. Noch ihre Waffe zu senken, doch das erlaubte er für den Augenblick. Der beißende Geruch von Angst drang aus ihr und brachte seinen Löwen auf.

Sie hat Angst. Hatte Angst vor ihm, was Hayder nicht im Geringsten gefiel.

„Wer bist du? Was willst du?" Ihre Worte hätten vielleicht kraftvoller geklungen, wären sie nicht so atemlos und hoch ausgesprochen worden.

„Ich bin Hayder." Er hätte gerne noch mehr gesagt, wie zum Beispiel: *Ich bin der beste Beta, den sich ein Rudel nur wünschen kann.* Er hätte damit angeben können, dass er ein Löwe war, dessen Mähne nur einen Hauch weniger beeindruckend war als die von Arik, dem König. Er hätte wahrscheinlich auch etwas Gewitztes gesagt und mit ihr geflirtet, hätte sie ihn nicht fast erschossen!

Kapitel 2

PENG.

Oh nein. Arabella war von Schrecken erfüllt. Fast hätte sie den Beta des Rudels erschossen, aber, zu ihrer Verteidigung, es wäre auch irgendwie seine eigene Schuld gewesen.

Spulen wir kurz zurück, um zu sehen, wie das passiert war.

Nachdem sie jemanden an der Tür gehört hatte, zog Arabella die Pistole, die ihr seit Harrys Tod nie von der Seite gewichen war. Kaum war ihr Gefährte gestorben und sie zu einer Erbin mit einem beträchtlichen Vermögen geworden, fingen die anderen Wölfe des Rudels an, um sie herumzuschleichen – und Forderungen zu stellen.

Sie war nicht interessiert. Sie hatte den Fehler gemacht, sich zu jung und zu schnell in eine Beziehung zu stürzen – eine wirklich erbärmliche – und sie würde sich nicht in eine weitere ziehen lassen.

Ihren vermeintlichen Verehrern war das egal. Es war nicht Arabella, die sie wollten, sondern das Vermögen, das sie geerbt hatte, und die Macht, die sie als Witwe des letzten Alphas des Northern Lake Rudels repräsentierte.

Sie sollte also der Preis dieses Tauziehens um den Titel des Anführers des Clans sein. Es tat nichts zur Sache, dass ihre Trauerzeit für ihren Gefährten noch lange nicht vorbei war. Kaum war die letzte Schaufel Erde ins Grab geschüttet worden, kämpften die Lykaner bereits darum, wer sie sich zu eigen machen würde. Und Gerüchten zufolge war es der Plan, sie loszuwerden, sobald die Trauung vollzogen war.

Schade, dass sie nicht in der Stimmung war, sterben zu wollen. Mit nur fünfundzwanzig gab es noch zu viel, für das es sich zu leben lohnte. Doch es bestand ein Problem. Nein zu sagen, war keine Option.

An dieser Stelle kam ihr Bruder Jeoff ins Spiel.

„Komm und lebe bei meinem Rudel", verlangte er.

„Ich kann nicht." Obwohl ihr Bruder es gut meinte, hatte er nicht genügend Leute, um sich auf die Art Krieg einzulassen, den ihr altes Rudel führen würde, um die Kontrolle über sie zu erlangen. Doch auch wenn sie ihren Bruder nicht in Gefahr bringen wollte, konnte sie nicht in der Enklave des Northern Lakes Rudels bleiben, nicht, wenn sie nicht dazu gezwungen werden wollte, denjenigen zu ihrem Gefährten zu nehmen, der während des nächstens Vollmonds den Titel des Alphas gewann.

Es lief also auf die Notwendigkeit einer stärkeren Verteidigung hinaus. Auf ein größeres Rudel, das mit der Bedrohung umgehen konnte. Oder noch besser, „Ein Löwenrudel", verkündete Jeoff plötzlich.

„Was?" Sicherlich hatte sie sich verhört. Alle wussten, dass sich Katzen und Wölfe im besten Fall nur tolerierten.

„Du musst das Rudel, das meine Stadt beherrscht, bitten, dich zu beschützen."

„Bist du verrückt?", war ihre Antwort.

„Ja." Jeoff zuckte nicht einmal mit der Wimper, als er

das zugab. Und er hörte auch nicht auf ihre Proteste, als er alle nötigen Maßnahmen ergriff.

Dummer, überfürsorglicher Idiot. Wie sie ihren großen Bruder doch liebte. Und ehrlich gesagt war seine Idee wahrscheinlich ihre beste Chance.

Ariks Löwenrudel war für seine Stärke und Größe bekannt. Nur ein Idiot würde sich mit ihnen anlegen. Vielleicht, nur vielleicht, könnte sie dort Schutz finden. Aber Arabella war nicht so dumm, unachtsam zu werden. Deshalb auch die Pistole, die sie auf den Eindringling richtete, der gerade die Wohnung betreten hatte, die das Rudel ihr zur Verfügung gestellt hatte.

Was will er? Wer ist er?

Der beeindruckende Kerl, der im Türstock stand, ließ sie erzittern, und das aus mehr als nur einem Grund.

Zum einen war er nach nur einem kurzen Klopfen eingetreten. Jeder mit auch nur ein paar Manieren hätte auf eine Antwort gewartet. Andererseits hatte er die Tür nicht eingetreten, was vermutlich bedeutete, dass er das Recht hatte, hier zu sein. Würde sie ihm vertrauen können?

Der Ausdruck auf seinem Gesicht war alles andere als vielversprechend. Im Gegenteil, er sah rein gar nicht erfreut aus. Goldene Augen weiteten sich, als er sie und die wackelnde Pistole ansah. Seine Lippen wurden schmal. Die Luft um sie herum fing praktisch zu knistern an. Sie atmete ängstlich ein und obwohl sie zuvor Tabletten dagegen genommen hatte, reichte ein Luftzug aus, ihre Allergie auszulösen.

Ihre Nebenhöhlen verstopften und sofort wusste sie, dass der Kerl eine verdammte Katze war. Großartig. Typisch für sie, dass ihr Bruder sie, um sie vor ihrem früheren Leben zu beschützen, zu einem Haufen Katzen schickte, obwohl er wusste, dass sie allergisch gegen sie war.

Normalerweise reagierte sie nur auf Hauskatzen und nicht auf Gestaltwandler, doch niemand sagte das ihrer juckenden Nase.

Das Antihistamin, das sie genommen hatte, ließ sie im Stich. Ihre Nase kitzelte. Sie schniefte. Es kitzelte noch mehr. Sie versuchte, sich zusammenzureißen. Versuchte, nicht –

Hatschi!

Es kam aus dem Nichts, ein gewaltiges Niesen, das ihren ganzen Körper erschütterte. Ihr Finger verkrampfte sich und drückte den Abzug der Pistole, was eine zweite Explosion verursachte, doch dieses Mal nicht in ihrer Nase.

Peng!

Oh mein Gott.

„Heilige Scheiße, Lady!" Der Kerl, der sich als Hayder vorgestellt hatte, schrie sie an, bevor er den Revolver ihrem schwachen Griff entriss. „Du hättest mich fast umgebracht."

„Sorry." Das war, was sie eigentlich hatte sagen wollen, doch wegen ihrer verstopften Nase, kam es eher als „Saffy" heraus.

Ein finsterer Blick zog seine Augenbrauen zusammen und sie wappnete sich. Sie wusste, was dieser Blick bedeutete. Sie hatte ihn verärgert, und wenn eine Frau einen Mann verärgerte, bedeutete das für gewöhnlich eine Ohrfeige, oder Schlimmeres.

Zumindest war das in ihrem alten Rudel der Fall. Sie hatte gehört, dass es in Jeoffs Gruppe anders war, doch da Arabella nicht wusste, wie Katzen das handhabten, war sie auf das Schlimmste vorbereitet.

Mit hängenden Schultern und eingezogenem Kopf nahm sie die unterwürfigste Pose an, die aufrecht stehend möglich war.

Anstatt sie zu ohrfeigen, drehte Hayder – von dem sie dank einer kurzen Einführung von Jeoff wusste, dass er der Beta des Rudels war – den Kopf und bellte: „Hier gibt es nichts zu sehen, ihr neugierigen Katzen. Zurück in eure Wohnungen."

Zu Arabellas Verlegenheit war sie zum Objekt der prüfenden Blicke von mehr als einem halben Dutzend weiblicher Gesichter geworden.

„Wir haben einen Schuss gehört", verkündete eine.

„Wer ist das?", fragte eine andere.

„Wer hat den Hund hereingelassen?"

Hayder bewegte sich, um die offene Tür mit seinem breiten Körper weiter zu blockieren und einen Sichtschutz zu erzeugen, während er sich an sie wandte. „Es geht euch nichts an, wer sie ist. Und wegen dem, was ihr gehört habt, das war nur ein kleines Missverständnis. Also husch husch, bevor ich Arik erzähle, dass ihr euch langweilt und Küchendienst braucht. Ich habe gehört, dass der Geschirrspüler wieder kaputt ist."

Diese Drohung führte dazu, dass die Menge sich auflöste, woraufhin der Beta die Wohnung betrat und die Tür hinter sich zutrat.

Kein Zuschauer? Das konnte nichts Gutes bedeuten.

Um sich Platz zu verschaffen, trat Arabella ein paar Schritte zurück, doch er hatte kein Interesse, ihr Raum zu lassen. Hayder legte den Sicherheitshebel der Pistole um und steckte sie in den Hosenbund seiner engen Jeans. Dann schritt er mit entschlossenen goldenen Augen auf sie zu.

Er sah furchteinflößend aus.

Zum zweiten Mal kam sie nicht umhin, sein Aussehen zu bemerken, dieses Mal detaillierter. Groß, viel größer als ihre ein Meter sechzig, und breit, viel breiter als ihre mollige Größe Vierundvierzig – Donuts mochten vielleicht nicht den Kummer der Welt lösen, aber sie schenkten Linderung.

Sie schluckte, als er seine einschüchternden bernsteinfarbenen Augen auf sie richtete und sich nicht mehr abwendete. Das ließ sie erzittern, ließ ihre Sinne prickeln, und das nicht nur aus Furcht.

Außer ich fürchte mich davor, mich zu ihm hingezogen zu fühlen.

Mit seinen langen zerzausten hellbraunen Haaren strahlte er eine wilde und lässige Schönheit aus. Die Umrisse seiner Muskeln, die sich auf seinem engen weißen T-Shirt abzeichneten, erwiesen sich als Ablenkung. Doch es waren seine Lippen, seine sinnlichen zusammengepressten Lippen, die einen seltsamen Gedanken hervorriefen – *Ich frage mich, ob sie weicher werden, wenn er küsst.*

Was für ein seltsamer Gedanke über einen Mann, der aussah, als wäre er bereit, sie zu erdrosseln.

Seine Augenbrauen wanderten in einem beeindruckenden Stirnrunzeln aufeinander zu und sie zuckte zusammen. Das diente nur dazu, dass sich das Runzeln noch verstärkte, doch anstatt sie zu ohrfeigen, biss er heraus: „Wieso zitterst du wie Espenlaub?"

Ähm, weil er verdammt einschüchternd war. Sie dachte es, aber sprach es nicht aus. Nie die Wahrheit laut aussprechen. Noch eine Lektion, die sie in ihrem Rudel gelernt hatte. Was sie antwortete, war: „Es tut mir leid." Entschuldigungen, das war, was Männer gerne hörten.

Aber nicht dieser.

„Wofür entschuldigst du dich? Dass die Pistole losgegangen ist? Das ist nicht deine Schuld. Ich hätte nicht so dumm sein sollen, einfach hereinzukommen, besonders nicht, da du hier bist, weil wir dich beschützen sollen. Aber wenn du mit geladenen Waffen herumlaufen willst, solltest du etwas gegen deine Erkältung nehmen, damit du das nächste Mal nicht jemanden umbringst, wenn du husten oder niesen musst."

„Ich bin nicht erkältet. Das ist meine Allergie."

„Wogegen bist du allergisch? Ist es etwas in der Wohnung? Haben sie vergessen, Staub zu wischen? Sag mir, was es ist, und wir kümmern uns darum." Ein gut gemeintes Angebot, wenn das das Problem gewesen wäre. Wie sollte sie die Wahrheit erklären?

Er trat einen Schritt auf sie zu und ihre Nase kitzelte. Sie versuchte, es zurückzuhalten, wirklich, doch er kam immer näher, während er eine Antwort erwartete, weshalb sie schließlich damit herausplatzte: „Ich bin allergisch gegen Katzen."

Das ließ ihn erstarren. Seine Augen weiteten sich, und nicht nur wegen ihrer Antwort.

Hatschi! Und ja, dieses Mal tat sie wahrscheinlich etwas Schlimmeres, als eine Waffe abzufeuern. Sie nieste ihn an.

Kapitel 3

Sie ist allergisch gegen mich!

Das Erstaunen über die Erkenntnis, dass eine zitternde Frau seine Gefährtin sein sollte, war nichts im Vergleich zu der Fassungslosigkeit, dass das Schicksal es für komisch hielt, ihn mit jemandem zusammenzubringen, der ihm nicht nahekommen konnte, ohne einen Niesanfall zu bekommen.

Und es war nicht nur ein damenhaftes Niesen. Nein. Diese Frau ging ihm vielleicht nur bis zum Kinn und erwies sich mit ihren epischen Kurven als Inbegriff von Weiblichkeit, doch es war nichts Zartes an dem Niesen, das aus ihr herausbrach. Zudem war es ziemlich feucht, was seine innere Katze gar nicht mochte.

Doch ihre Scham und ihre roten Wangen waren süß und besänftigten seine empörte Katze.

Und bevor er auch nur ein Wort sagen konnte, rannte sie vor ihm davon.

Sie rennt. Wir könnten sie verfolgen.

Hayder tat das fast, doch er hielt sich lange genug zurück, bis sie mit einem Handtuch zurückkam.

„Hier." Sie bot ihm den Baumwollstoff an.

Mit dem Hauch eines Lächelns auf den Lippen nahm er es, um sich Gesicht und Shirt abzuwischen. Er hatte nicht wirklich etwas gegen etwas Spucke – und würde auch gerne von ihrem Honig kosten –, aber dass er ihr Entschuldigungshandtuch annahm, schien sie ein wenig zu beruhigen.

Wenn sie nur aufhören würde zu zittern und den Kopf einzuziehen. Er konnte die Furcht riechen, die sie ausströmte, und das störte ihn gewaltig.

Sie hatte doch keine Angst vor ihm? Vielleicht war er etwas abrupt hereingekommen, aber er hatte nichts getan, was dieses Maß an Angst verdiente.

Als sie nicht gewillt schien zu sprechen, brach er das Eis, dieses Mal behutsam, um sie nicht zu erschrecken. „Fangen wir nochmal von vorne an? Ich bin Hayder, der Beta des Rudels. Arik hat mich geschickt, um dich zu beschützen."

„Oh nein. Das hätte er wirklich nicht tun sollen. Ich bin nicht wichtig genug, um diese Art Schutz zu verdienen. Sicherlich hat jemand so Wichtiges wie du Besseres zu tun."

Ja. Das hatte er wahrscheinlich, doch ihm fiel nicht eine Sache ein, die wichtiger war als eine Pflicht, die ängstliche Wölfin zu beschützen. Okay, das war eine Lüge. Er wusste eine Sache, die wichtiger war – *Wie schmecken ihre Lippen, und wie gut passt sie in meine Arme?*

Perfekt, würde er wetten. Genauso, wie die Tatsache, dass sie nackt auf seinem Bett noch besser aussehen würde. Aber vielleicht überstürzte er das Ganze etwas. Er sollte sie zuvor wahrscheinlich erst beruhigen – und in Taschentücher investieren, da sie erneut nieste, dieses Mal weg von seinem Gesicht.

„Ich habe nichts dagegen, dich zu beschützen." Dahin waren die Gedanken von vorhin. Arik hatte recht. Ihr Schutz hatte Priorität.

„Sicherlich könnten sie jemand anderen schicken. Ein Mann in deiner Position sollte sich nicht dazu herablassen, meinen Babysitter zu spielen."

Wie konnte sie es wagen, so schlecht von sich zu denken, auch wenn er anfangs dasselbe gedacht hatte. „Ich habe nichts dagegen. Du bist Jeoffs Schwester. Wir sind zwar nicht beste Freunde, aber er ist ein geschätzter Verbündeter des Rudels. Es ist uns ein Vergnügen, ihm zu helfen." Oh, wie hätte Jeoff gelacht, hätte er diese Lüge gehört. Obwohl er Jeoff leiden konnte und ihn respektierte, gab es zwischen ihnen eine Rivalität, die bis aufs College zurückging, als sie ständig um Positionen in Sportteams wetteiferten – und um die Aufmerksamkeit derselben heißen Mädchen.

„Aber indem ihr mir helft, zieht ihr Ärger an."

Ärger? Sein Löwe spitzte die Ohren. Ärger bedeutete kämpfen. Was wiederum Spaß bedeutete. Nur zu. „Wir kommen sehr gut mit Ärger zurecht."

„Du verstehst nicht. Mein altes Rudel ..." Sie verstummte.

„Was ist damit? Sie werden es nicht wagen, dir hier etwas anzutun. Die Gesetze" – die vor Jahrhunderten von irgendwelchen Unbekannten aufgestellt worden waren und an die sich jeder hielt – „werden sie in Schach halten."

„Nein, werden sie nicht." Sie wrang mit den Händen, als sie sich von ihm abwandte. Beinahe hätte er nach ihr gegriffen, um sie an sich zu ziehen, an seine Brust zu drücken und festzuhalten. Aber solch eine intime Geste würde sie vermutlich noch nicht willkommen heißen. Vielleicht in ein paar Minuten.

„Die Gesetze sind Gesetze."

„Für die meisten. Aber mein altes Rudel hält sich nicht an normale Regeln. Sie laben sich an Gewalt. Sie machen ihre eigenen Gesetze."

„Wenn sie sie brechen, werden sie die Konsequenzen tragen müssen." Und ja, vermutlich klang er etwas fröhlicher als notwendig. „Was genau ist eigentlich vorgefallen? Ich habe nicht viele Details bekommen." Hauptsächlich weil er, nachdem er seine Befehle bekommen hatte, die meiste Zeit damit verbracht hatte, sich aufzuregen und zu jammern – natürlich auf männliche Weise.

„Sie wollen mich zurück."

„Nun, sie können dich nicht haben." Das war vielleicht etwas leidenschaftlicher herausgekommen als notwendig.

Sie erstarrte und blickte ihn über die Schulter an. „Aber sie werden es versuchen. Ich bin nur knapp entkommen. Als mein Gefährte gestorben ist –"

„Du warst verheiratet?"

Sie wandte sich von ihm ab und er bemerkte, wie sie mit den Schultern zuckte. „Mehr oder weniger. Harry hatte mich direkt nach der High School für sich beansprucht."

„Harry." Er ließ den Namen über seine Zunge rollen. „Der Name klingt vertraut."

„Er war der Alpha des Northern Lakes Rudels."

„Er war dein Gefährte? Aber er war genauso alt wie mein Dad." Er konnte die Fassungslosigkeit in seiner Stimme nicht verbergen.

„Ja, er war viel älter als ich."

Er zuckte zusammen, als er erkannte, wie seine Worte vermutlich klangen. „Sorry, ich wollte nicht wie ein Arsch klingen. Ich bin sicher, dass du ihn geliebt hast und Alter kein Thema war." Ein plötzliches Aufflammen verwirrte ihn. Warum dachte er über ihren vorherigen Gefährten nach? Er konnte nicht erwarten, dass jede Frau, mit der er zusammen sein wollte, noch Jungfrau war. Aber es störte ihn. Die Vorstellung, dass sie vielleicht einen anderen liebte, nervte ihn.

Sie schnaubte. „Ihn geliebt habe? Wohl kaum."

„Aber ihr wart verheiratet."

„Weil er mich getäuscht hat." Sie presste ihre Lippen fest zusammen.

„Wie?" Sie schüttelte den Kopf, doch er wollte es wissen, also hakte er nach. „Wie hat er dich getäuscht?"

„Ich sollte nicht schlecht über Tote sprechen."

Aber es war kein Schmerz, den er bei ihr wahrnahm, als sie versuchte, das Thema zu meiden, eher Furcht. Ihre Angst war zurückgekehrt.

„Sag mir, was passiert ist." Sein Tonfall war fordernd und er zuckte fast zusammen, als er bemerkte, wie ihre Angst noch größer wurde. Doch sie redete.

„Wie ich sagte, Harry war mehrere Jahre älter als ich. Als ich eine Tante, die in seinem Rudel lebte, besuchte, lernte er mich kennen. Er entschied, dass er mich als Ehefrau wollte und lief mir nach. Ich war jung, dumm und fühlte mich geehrt."

„Ich bekomme den Eindruck, dass er kein guter Ehemann war."

Sie hielt sich nicht zurück, ironisch den Mund zu verziehen, als sie antwortete. „Untertreibung. Aber ich habe mein Schicksal akzeptiert."

Die Resignation in ihrer Stimme schürte in Hayder den Wunsch, Jeoff aufzuspüren und ihn zu schütteln und dann zu schlagen, weil er seine Schwester in einer schlechten Ehe hatte leiden lassen. „Jemand hätte ihn umbringen sollen. Niemand sollte je seine Gefährtin misshandeln."

Seine Aussage brachte sie dazu, sich wieder zu ihm umzudrehen. „Das hat Jeoff auch immer gesagt."

„Warum hat dein Bruder ihn dann nicht umgebracht?"

„Weil ich ihn nicht ließ. Weil er nicht die Leute hatte, um sich dem Rudel entgegenzustellen. Weil er nicht für meinen Fehler bezahlen sollte. Und ich war froh, dass ich ihn aufgehalten habe. Letztendlich wurde Harry umgebracht, er war ein Opfer der Umstände – auch bekannt als ein Jäger mit einem Gewehr, der einen Wolf sah und schoss."

Niemand hätte der kleinen Frau das triumphierende Grinsen verübeln können, den Hauch von Mut, der sich unter ihrer ängstlichen Oberfläche verbarg.

„Okay, hilf mir hierbei. Wenn der Kerl tot ist, warum bist du dann jetzt in Gefahr? Seit wann entscheidet die Witwe eines Alphas über den nächsten Anführer?"

„Das tut sie nicht. Keiner von denen ist darauf aus, mich für sich zu beanspruchen, um der nächste Anführer zu werden. Sie wollen mich wegen des Vermögens, das ich geerbt habe. Harry war reich. Verdammt reich. Ich war seine einzige Erbin. Als ich nicht sofort einen neuen Gefährten wählen wollte, fingen die Kämpfe an. Jeder dachte, dass er einen Anspruch besäße. Der einzige Grund, aus dem ich es geschafft hatte zu fliehen, war, weil sie zu beschäftigt damit waren, darum zu kämpfen, wer mich bekommen würde. Da zu viele Männer vortraten, um sich einen Teil des Kuchens zu holen, haben sie für den nächsten Vollmond ein Lykaner-Duell arrangiert. Der Gewinner bekommt alles – mich, die Herrschaft über das Northern Lakes Rudel und das Vermögen."

„Gab es keinen Anwärter, den du hättest tolerieren können?"

Kein anderer Mann. Seinem Löwen stellte es bei diesem Gedanken die Nackenhaare auf.

Ruhig. Offensichtlich gefiel ihr keiner, da sie sich entschieden hatte zu fliehen. Das beruhigte seinen Löwen für den Augenblick.

„Vielleicht, aber ..." Sie ließ ihre Worte verstummen.

„Aber was?"

„Weißt du, das Problem ist, dass ich nach der Hochzeit nicht lange überlebt hätte. Gerüchten zufolge wäre ich, nachdem mich irgendeiner von ihnen für sich beansprucht und das Vermögen in die Hände bekommen hätte, aus dem Weg geschafft worden, da niemand, wie der Beta des Rudels es bezeichnet hatte, als er mich eingesperrt hatte, gerne seinen Schwanz in etwas stecken will, das der alte Alpha schon gefickt hat."

Autsch. Diese üble Beleidigung ließ Hayder zusammenzucken. „Das ist brutal." Er würde sich wohl einmal mit diesem sogenannten Wolfsrudel-Beta treffen müssen, um ihm ein paar Manieren beizubringen. Seine Fäuste waren sehr versiert darauf, Anstand einzufordern.

Ihre Nase zuckte. „Brutal? Nicht wirklich. Ich habe schon Schlimmeres gehört."

Das gefiel ihm nicht. Es ließ seine Wut nur noch weiter aufflammen. Er versuchte, das Thema zu wechseln und mehr Details zu erfahren. „Wenn dieser Kerl dich eingesperrt hat, wie bist du dann entkommen? Ich denke nicht, dass du die Freiheit hattest, zu kommen und zu gehen, wie es dir gefiel."

Ein Lächeln zog an ihren Mundwinkeln, ein winziger Sonnenstrahl, in dem sich seine Katze gerne gesonnt hätte. Aber es war kein Lächeln für ihn. „Jeoff ist mir zu Hilfe gekommen. Er und ein paar Freunde besorgten sich einen Helikopter, seilten sich zu dem Apartment ab, in dem ich festgehalten wurde, und befreiten mich. Seitdem verstecke ich mich."

„Und du bist überzeugt, dass sie dich nicht gehen lassen werden?"

„Ich weiß, dass sie das nicht würden. Sie werden alles tun, um mich zurückzubekommen."

Auch wenn sie nicht ausführte, was ihr altes Rudel wahrscheinlich mit ihr anstellen würde, sobald sie sie wieder zurück hatten, hatte Hayder eine ungefähre Vorstellung. „Also können wir erwarten, dass sie herumschnüffeln werden."

„Mehr als schnüffeln. Sie werden aggressiv werden."

Er konnte sich sein breites Lächeln nicht verkneifen. „Wirklich? Du denkst, sie werden hier auftauchen? Genial."

„Was meinst du mit genial?"

„Genial, weil wir ein rauer Haufen sind, besonders die Frauen des Rudels. Und wir brauchen viel Training. Dein altes Rudel denkt vielleicht, dass es uns zwingen kann, dich zurückzugeben, aber rate mal? Das wird nicht passieren. Das garantiere ich."

Ob Arabella es wusste oder auch nicht, sie war nun Teil des Rudels – und sein.

Und niemand nimmt sich, was mein ist.

Rawr!

Kapitel 4

Wenn Arabella dachte, Hayder würde sie verborgen halten, außer Reichweite des Rudels, das sie jagte, lag sie falsch. Der Mann schien entschlossen zu sein, sie offen zu zeigen. So schien es zumindest, weil er darauf bestand, dass sie zum Abendessen ausgingen.

Ausgeschlossen. Er hatte sie vielleicht dazu gebracht, ihre Geheimnisse preiszugeben, doch seiner jüngsten Bitte würde sie nicht nachkommen.

„Ausgehen und mich der Öffentlichkeit präsentieren?" Sie schüttelte den Kopf. „Ich denke nicht, dass das eine gute Idee ist."

„Wovon sprichst du? Das ist eine großartige Idee. Ich bin sicher, dass du es langsam müde bist, weggesperrt zu sein. Wir schauen uns die Stadt ein bisschen an. Essen etwas. Ich wette, du bist hungrig, und ich kenne ein großartiges Steakhouse."

„Es ist okay, hier zu bleiben. Wirklich. Und ich bin nicht so hungrig."

Das wäre glaubhafter gewesen, wenn ihr Magen nicht geknurrt hätte, als er sagte: „Du musst mitkommen. Dieser

Laden serviert die leckersten Brownies zum Abendessen, mit köstlicher Karamellsoße."

„Schokolade und Karamell?" Volltreffer. Hatte Jeoff von ihrer Schwäche erzählt? Egal. Hayder traf sie mit seinen verführerischen Worten und ihre Entschlossenheit bröckelte. Sie spritzte mentalen Mörtel auf die Risse und versuchte sich zusammenzureißen.

Das hätte vermutlich auch funktioniert, wenn Hayder nicht zu schmutzigen Tricks gegriffen hätte. „Das sind die besten Schokoladenbrownies, die du je essen wirst. Frisch aus dem Ofen, saftig, luftig und köstlich. Dazu gibt es Vanilleeis, aber kein gekauftes. Das machen sie selbst. Und dann stell dir noch die zähflüssige Karamellsoße vor, die im Zickzack darüber geträufelt ist. Dekadenz in deinem Mund."

Es war nicht nur das Dessert, das sich nach Dekadenz anhörte. Verstopfte Nebenhöhlen oder nicht, was auch immer Hayder ausströmte, hüllte sie in einen warmen und entspannenden Kokon, der sie gleichzeitig auch belebte – auf erotische Weise. Seine tiefe, raue Stimme und das Versprechen auf Schokolade ergriffen einen Vorschlaghammer und zertrümmerten ihre letzten Verteidigungsanlagen.

Sinnliche Verführung auf zwei Beinen. Wer könnte da widerstehen? Nicht sie, besonders, wenn er seine lodernden Augen auf sie richtete. Löwen schnurrten vielleicht nicht, aber dieser Mann tat es, und jede Silbe prickelte auf ihrer Haut und erregte –

Was war das? Erregung, wegen eines Fremden?

Wie seltsam. Und nein, sie irrte sich nicht. Misshandelt und skeptisch zu sein bedeutete nicht, dass sie so naiv gewesen wäre, das nicht zu erkennen. Einst hatte sie das Gleiche für Harry empfunden, aber das hatte sich geändert, sobald er seine wahre Seite – und seine Fäuste – gezeigt hatte.

Denk nicht zurück. Halte dich von dieser dunklen Vergangenheit fern.

Sie musste im Hier und Jetzt bleiben. Hier bei diesem Mann, diesem sehr attraktiven Mann, der einen Schritt auf sie zumachte, die Hand hob und austreckte, als wollte er sie berühren. Seine Nähe löste ein tiefes Zittern in ihr aus und ihre Lippen öffneten sich, als –

Hatschi! Dieses Mal hatte sie die bevorstehende Explosion im Griff und zielte von ihm weg.

Dass sie ihn vor ihrem andauernden Niesen beschützte, änderte aber nichts an seinen genervten Worten. „Ich kann es nicht glauben, dass du allergisch gegen mich bist."

„Es tut mir leid. Normalerweise verhindern meine Antihistamintabletten diese Art Reaktion. Vielleicht bist du mehr Kätzchen, als ich es gewohnt bin?"

Zu spät realisierte sie, wie das geklungen hatte, und angesichts des Grinsens, das seine Lippen teilte, hatte er das auch. „Oh, Baby. Ich bin viel mehr *Kätzchen*."

Nichts hätte das Erröten ihrer Wangen stoppen können. Und es gab auch nichts, was das Zittern in ihrem Bauch stoppen konnte, als seine Worte sie berührten. Nahe bei ihm zu bleiben war keine gute Idee, und das aus so vielen Gründen – nicht nur allergischen. „Vielleicht solltest du ohne mich essen gehen." Aus den Augen, aus dem Sinn. Vielleicht könnte sie sich dann daran erinnern, warum sie sich von Männern fernhalten musste.

„Du denkst, ich gehe jetzt? Unwahrscheinlich. Da ich dein Bodyguard bin, bedeutet das, dass wir beide zusammenbleiben, bis die Gefahr vorbei ist, Baby."

„Aber was ist mit meiner Allergie?"

„Wir finden schon eine Lösung. Vielleicht gewöhnt sich

dein Körper an meinen Duft, je mehr Zeit wir miteinander verbringen. Ich weigere mich zu akzeptieren, dass du allergisch gegen mich bist."

Wie entschlossen er wirkte. Warum sorgte er sich so?

Weil er uns gehört.

Was für eine seltsame Gewissheit kam da plötzlich aus dem Nichts herauf? Nur, dass sie nicht genau aus dem Nichts kam.

Du bist zurück?, fragte Arabella in ihrem Geist, doch ihre andere Seite schwieg. Aber das war egal. Sie hatte sie gehört. *Meine Wölfin ist nicht ganz verschwunden.* Auch wenn es einige Zeit her war, dass ihre verängstigte tierische Seite gesprochen hatte.

Wie sie ihre tierische Seite vermisst hatte. Harry und die anderen hatten ihre Wildheit vor Jahren gezähmt.

Nicht gezähmt, nur verscheucht. Noch ein leiser Gedanke. Es war schön zu wissen, dass ihre innere Hündin nicht für immer verschwunden war, sondern sich nur versteckt hatte.

Bedeutete das, dass sie –

Nein. Besser nicht darüber nachdenken und es verschreien.

Eine Hand umfasste die ihre und ein Ruck des Bewusstseins riss sie aus ihren Gedanken, als all ihre Sinne geweckt wurden. Jedes Nervenende prickelte und die Gefühle verstärkten sich. Sie rang nach Luft und ihr erster Impuls war es, zurückzuweichen. Doch Hayder ließ sie nicht los. Im Gegenteil, seine Finger schlossen sich fester um ihre und verschlangen sich mit ihren, als er sie in Richtung Tür zog.

„Ich – Wir sollten nicht – Aber –" Halbherziger Protest rollte über ihre Lippen, unvollständig und ohne Zusammenhang. Nicht dass er darauf gehört hätte. Er schien so entschlossen, mit ihr essen zu gehen, und sie würde mit ihm kommen, ob es ihr gefiel oder nicht.

Ob sie nieste oder nicht.

Hatschi.

Sie schaffte es, dass das Kitzeln sie im Aufzug nur einmal überwältigte, und zog den Kopf ein, als ihre Wangen bei dem Knurren, dass durch ihn rollte, heiß wurden. Sie machte das nicht mit Absicht. „Es tut mir leid."

„Würdest du bitte aufhören, dich zu entschuldigen?", biss er heraus.

Sie sollte ihn nicht wütend machen, also nickte sie und behielt den Kopf unten.

„Und hör auf, das zu tun. Du bist keine Sklavin. Heb deinen Kopf, Baby. Sag mir, ich kann dich mal."

Die Wortwahl war nicht, was ihre Überraschung verursachte. Sondern die Tatsache, wie er darauf beharrte, dass sie sich verteidigte.

Sie warf ihm einen vorsichtigen Blick zu und wartete darauf, das herausfordernde Grinsen zu sehen. Sie wusste, wie das ablief. Erst wurde ihr gesagt, etwas zu tun, und dann wurde sie zerrissen, weil sie es gewagt hatte.

„Da sind diese schönen Augen", neckte er sie. „Jetzt behalt sie oben. Ich will sehen, dass du mir ins Gesicht blickst. Du bist hier sicher. Besonders bei mir. Du kannst sagen, was du willst. Was auch immer du willst. Ich würde dir nie wehtun."

Das würde er nicht.

Woher kam diese Gewissheit? Bis jetzt hatte Hayder ihr trotz ihres nicht wirklich optimalen Kennenlernens zwar nichts außer Freundlichkeit entgegengebracht, aber sie kannte ihn noch nicht gut genug, um sicher zu sein, dass dies kein Theater war. Sie war schon zuvor auf Lügen hereingefallen. „Woher weiß ich, dass ich dir vertrauen kann? Woher weiß ich, dass du dich nicht umdrehst und mir wehtust, wenn ich das mache?" Die Worte sprudelten aus ihr heraus. Ihre Ehrlichkeit schmerzte und schockierte ihn so sehr, dass er für einen Augenblick schwieg.

„Weil du das kannst", war, was er schließlich murmelte.

„Natürlich kann ich das", sagte sie in beschwichtigenden Ton. Es war besser, ihn nicht zu verärgern und seine Worte in Frage zu stellen. Er mochte zwar ehrlich wirken, doch auch Harry hatte einst nett gewirkt. *Fall nicht auf seinen Charme herein. Er wird dir auch wehtun.*

Wie hinterhältig ihre innere Stimme sie belehrte, sie davor warnte, einfach zu vertrauen. Worte waren leicht gesprochen. Taten jedoch erwiesen sich als schwieriger. Ehre war leichter zu brechen, als aufrechtzuerhalten.

Als die Türen des Aufzugs sich öffneten, trat Hayder in die große Lobby hinaus, wobei er immer noch ihre Hand in seiner hielt. Arabella konnte nichts anderes tun, als zu starren. Als sie zuvor angekommen waren, hatte Jeoff sie durch eine Gasse hinter dem Gebäude hereingeschmuggelt, weil er es nicht gewagt hatte, sie durch die Vordertür hereinzubringen.

„Je länger wir dich verborgen halten, umso besser ist die Chance, dass deine Verfolger ihre Jagd aufgeben und dich in Ruhe lassen."

Es schien so, als würde Hayder das ganz anders sehen. Er zeigte überhaupt keine Bedenken. So lässig – und gut aussehend – wie immer zerrte er sie – ja, sie stellte sich quer und versuchte, stehen zu bleiben – hinaus auf den Marmorboden. Der helle, weite Raum prahlte mit einer Rezeption aus poliertem Mahagoni, hinter der ein Wachmann in dunkelblauer Uniform saß. Der restliche Teil ergab mit seinen Ledersesseln und Diwans einen geräumigen Aufenthaltsbereich.

Der große Raum beinhaltete auch eine Menge neugieriger Augen, die alle auf sie gerichtet waren. Das Objekt einer so großen Aufmerksamkeit zu sein, brachte sie dazu, sich näher an Hayder zu schmiegen. Er legte einen Arm um sie und hüllte sie in die beruhigende Stärke seines Körpers, was den bedauernswerten Effekt hatte, dass sie niesen musste. Wieder und wieder und ...

Als sie ihren Versuch einen Rekord zu brechen beendet hatte, öffnete sie ihre tränenden Augen, um ein halbes Dutzend Hände zu sehen, die ihr Taschentücher entgegenhielten.

„Ähm, danke", sagte sie, als sie sich eines nahm. Sie tupfte ihre Nase mit einer Hand ab, da Hayder seinen Griff immer noch nicht gelöst hatte. Wie mutig, wenn man bedachte, dass sie während dieses letzten Anfalls seine Schuhe nur knapp verpasst hatte.

„Hey, Hayder, wieso hältst du auf Katzen-Territorium mit einer Wölfin Händchen?" Jemand schrie diese Frage und das Summen im Raum verstummte.

Verdammt, sie hatte einen Augenblick lang vergessen, dass sie von Gestaltwandlern umgeben war. Löwinnen um genau zu sein, die wahren Jägerinnen in jedem Rudel. Hinterhältige Katzen, gegen die sie keine Chance haben würde, besonders wenn ihre Wölfin sich versteckte.

„Sie pinkelt besser nicht in die Gänge. Ich habe gehört, dass ihre Art das gerne macht."

„Nein, tut sie nicht", sagte ein junges Mädchen mit regenbogenfarbenen Strähnen im Haar. „Auf Bäume und Feuerhydranten muss man aufpassen."

Eine Frau mit einem Ring in der Nase schnaubte. „Ihr seid Idioten. Das sind die Stellen, die Hunde markieren. Sie ist eine Wölfin und ihr jagt ihr Angst ein." Blaue Augen in einem vom Alter gezeichneten Gesicht drehten sich zu ihr.

Die Frau sprach beruhigend zu ihr. „Hör nicht auf das, was sie sagen. Wir sind Verbündete. Bei uns wird dir kein Schaden zugefügt."

„Außer du pinkelst in die Gänge."

„Oder isst das letzte Stück vom Kuchen." Jemand piekste der molligen Sprecherin in die Seite und sie drehte sich herum. „Was? Ich sage nur, was wir alle denken."

„Das ist alles irrelevant", murmelte eine andere Löwin. „Die interessante Frage ist, wer ist dieses Mädchen und was macht sie hier?"

Panisch blickte Arabella zu ihrem Beschützer hinauf. Sollte sie antworten, und was sollte sie sagen? Die Wahrheit oder eine Lüge? Oder würde lügen schlimmer sein? Was, wenn Hayder und sein Alpha eine falsche Identität für sie kreiert hatten? Was –

Hayder rettete sie davor, antworten zu müssen. „Ladies –"

Kichern. „Er hat uns Ladies genannt."

„– das ist Arabella, Jeoffs Schwester. Ihr kennt Jeoff."

„Ja, er ist der heiße Kerl in engen Jeans, der in dieser Band singt."

„Er singt?"

„Unter anderem."

Diejenige, die gefragt hatte, wer Arabella war, seufzte und legte die Hände an ihre Hüften. „Würdet ihr bitte die Klappe halten? Ein paar von uns versuchen, Antworten zu bekommen. Ich habe das Gefühl, das könnte interessant sein, also Schnauze, bevor ich euch die Mäuler zunähe."

Komisch, wie sie alle leise wurden, aber zugleich nicht im Geringsten eingeschüchtert wirkten. Und sie alle waren vereint in ihrer Neugier.

Als Arabella sich hinter Hayder vor ihren neugierigen Blicken verstecken wollte, zog er sie hervor und stellte sie vor sich, wobei er je eine Hand auf ihre Schultern legte und sie so an Ort und Stelle verankerte. „Jeoff hat das Rudel gebeten, ihr Schutz zu gewähren. Ein paar Arschlöcher wollen Arabella zwingen, irgendeinen Penner zu heiraten, um an ihr Vermögen zu kommen. Sie reden auch davon, sie umzubringen, sobald der Papierkram erledigt ist. Ich denke, das sollten wir nicht erlauben."

Was die Zusammenfassung betraf, sie war akkurat und prägnant. Was sie aber nicht erwartete, war der Aufruhr und die ... Unterstützung?

Hier gab es keine eingeschüchterten Frauen, so wie in ihrem alten Rudel. Die Frauen um sie herum hatten alle ein herausforderndes Funkeln in den Augen und äußerten prahlerische Vorschläge.

„Sollen sie nur kommen und versuchen, sie zu holen. Wir zeigen ihnen, was Emanzipation bedeutet", rief eine von ihnen.

„Woo-hoo! Ein neuer Pelzmantel rechtzeitig für den Winter", jubelte eine andere.

„Luna, wir müssen einen Termin machen, um unsere Nägel schärfen zu lassen."

Arabella blinzelte, mehrmals, doch sie hielt sich zurück, sich einen Finger ins Ohr zu stecken und zu drehen. Warum auch? Mit ihren Ohren war alles in Ordnung. Entweder war sie endgültig durchgedreht oder sie träumte. Das war die einzige Erklärung für den Wahnsinn, den sie seit ihrer Ankunft erlebt hatte.

Höchstwahrscheinlich war sie in ihrem alten Gefängnis eingeschlafen und träumte von ihrer Rettung und dieser unwahrscheinlichen gegenwärtigen Situation.

Aber was für ein Traum. Wenn er nur wahr wäre. Und wenn sie nur einen Bruchteil des Mutes dieser Frauen hätte, damit sie ihrem alten Rudel entgegentreten und für ihr Recht, eigene Entscheidungen zu treffen, kämpfen könnte.

Kämpfen verursacht Schmerzen.

Das schwache Jammern und die Erinnerungen erstickten jeglichen Frohsinn, den sie für kurze Zeit gefühlt haben mochte. Auch wenn ihr Kampfgeist und ihre Absichten gut waren, sah die Realität anders aus.

Offensichtlich dachte Hayder dasselbe, denn er sagte: „Ruhig, Ladies. Nichts überstürzen."

Hayder hatte recht. Kopf unten halten. Stimme senken. Nicht –

Es schien so, als wäre Hayder noch nicht fertig. „Das ist mein Ernst. Fangt keinen Ärger an, aber fordert sie heraus. Fordert sie laut heraus. Fordert sie gnadenlos heraus. Bringt sie zur Weißglut, damit sie zuerst angreifen. Dann könnt ihr loslegen. Aber lasst mir ein paar der Köter übrig. Meine Fäuste würden gerne ein paar Wörtchen mit ihnen wechseln." Er schüttelte eine Faust und seine überaus männliche Ankündigung wurde mit Jubeln und Aufregung empfangen.

Sie sind verrückt. Sie alle. Oder high von Katzenminze.

Das war hirnrissig. Selbst ihr altes Rudel hatte nie mit solcher Freude Rachepläne geschmiedet.

Als aufgeregtes Summen – und Gespräche über Methoden des Nägelfeilens – einsetzten, zog Hayder erneut an ihr, dieses Mal in Richtung der Glastüren, die aus dem Gebäude führten.

Sie versuchte es mit einem letzten Protest. „Wir sollten nicht gehen. Wir bestellen uns etwas."

Er blieb stehen. „Du meinst, wieder in die Wohnung gehen, wo wir alleine sind, nur du und ich, und" – er schnurrte – „dort unser geliefertes chinesisches Essen verschlingen, während wir Indiana Jones ansehen?"

Sie konnte nicht anders, als ihn mit offenem Mund anzustarren.

„Hast du erwartet, dass ich etwas anderes sage?"

„Nein. Natürlich nicht." Sie stotterte die Worte und wurde rot, weil sie sich in der Tat ein anderes Ende für diesen Satz vorgestellt hatte.

„Keine Angst, Baby. Wir werden schon einen guten Nutzen für dieses geräumige Bett finden, das ich in deinem Schlafzimmer gesehen habe, sobald wir vom Essen zurückkommen. Aber zuerst muss ich dein Gesicht sehen, wenn du diese Brownies isst, damit ich den Ausdruck mit dem vergleichen kann, den du aufsetzt, wenn ich dich das erste Mal zum Höhepunkt bringe."

Nur Katzen waren immer grazil. Sie stolperte direkt in seine Arme.

Hatschi!

Kapitel 5

DIE GESCHWINDIGKEIT, IN DER SEIN VERLANGEN Arabella zu verführen heraufzog, erwies sich als genauso schnell wie ihr Niesen, jedes Mal, wenn sie ihm zu nahe kam.

Ein weniger eingebildeter Mann hätte vermutlich etwas gebraucht, um sein verletztes Ego zu beschwichtigen. Aber Hayder sah ihre Allergie eher als Herausforderung an.

Wir müssen uns über Hypersensibilisierung informieren. Oder ich investiere in eine Taschentuchfirma. Hey, ich wette, Tante Berna würde mir ein paar Stofftaschentücher nähen.

Wie wäre es stattdessen, gegen ihre Reize anzukämpfen?

Was?

Der seltsame Gedanke traf ihn aus dem Nichts, als er mit Arabella an seiner Seite den Gehsteig entlangging. Wieso suchte er nach Lösungen? Was war daraus geworden, sein Leben so weiterzuführen wie bisher? Woher kam dieses verrückte Verlangen, sich dem Schicksal zu fügen?

Er musste die Fakten betrachten. Er kannte Arabella

kaum und doch war er bereit, in den Paarungsring zu steigen. Was zum Teufel?

Dieser Mangel an Selbstbeherrschung musste enden. Hayder war sein eigener Herr. Er würde seine eigenen Entscheidungen treffen, wenn es darum ging, mit wem er sich zur Ruhe setzte. Sich zu der Wölfin an seiner Seite hingezogen und sich für sie verantwortlich zu fühlen war kein Grund, seinen Lebensstil aufzugeben.

Besonders nicht, da er ihrer wahrscheinlich schnell müde werden würde, sobald die anfängliche Anziehung verschwunden war.

Doch das ist das erste Mal, dass ich eine Frau so unbedingt verführen wollte.

Das war das erste Mal, dass eine Frau das Verlangen in ihm schürte, sie beschützen zu wollen. Was erlaubte sich dieses Rudel, dieses Mädchen zu terrorisieren und in eine ungewollte Ehe zwingen zu wollen?

Niemand nimmt sich, was unser ist.

Würdest du endlich damit aufhören?, biss Hayder zurück. Es waren Gewissheiten wie diese, die sein Löwe ihm entgegenwarf, die Hayder so durcheinanderbrachten. Und was noch schlimmer war, durch seine Taten und Worte machte er dem Mädchen etwas vor.

Er konnte sie nicht verführen, wenn er wusste, dass er kein Verlangen danach hatte, in nächster Zeit sesshaft zu werden.

Das denkst du.

Löwen sollten eigentlich nicht kichern können, aber seiner tat das definitiv. Seine menschliche Seite wollte am liebsten eine Maus streicheln, nur um seine katzenhafte Seite zu verärgern.

Der Spaziergang zum Restaurant dauerte nicht lange, doch Hayder behielt auf dem ganzen Weg die Augen offen und überprüfte jede Seitengasse, in der sich Gefahren verstecken konnten.

Leider schafften sie es ungestört zum Restaurant. Schade. Er hätte etwas Sport vor dem Essen sehr genossen.

Als er ihr die Tür zum Restaurant aufhielt, ließ er schließlich ihre Hand los, um Arabella vor sich hineingehen zu lassen.

Es hätte sich als romantischer erwiesen, hätte sich in diesem Augenblick nicht ein Minivan dazu entschieden auf den Bürgersteig zu fahren und ihn an der Hüfte zu touchieren, wodurch er seine Balance verlor. Dann öffnete sich die Seitentür des immer noch rollenden Vans. Arme kamen heraus und schnappten sich Arabella!

Sie schrie auf und die Panik in ihren Augen war nicht zu übersehen. Ihr flehender Gesichtsausdruck war herzzerreißend. Er blieb zwar in seiner menschlichen Haut – wenn auch nur mit Mühen –, doch brüllte laut.

„Nehmt die Hände von ihr!"

Die Idioten hörten nicht. Der Minivan fuhr vom Gehsteig und seine Tür schloss sich und sperrte Arabella ein. Dann nahm der Van Geschwindigkeit auf, doch Hayder tat dasselbe.

Der Van hatte ihn zwar erwischt, doch ein blauer Fleck würde ihn nicht davon abhalten, die Verfolgung aufzunehmen.

Glücklicherweise verhinderte der Verkehr, dass der Van einfach davonraste. Er wich den Autos aus und verringerte den Abstand. Kurz bevor der Van freie Fahrt hatte, um davonzurasen, machte Hayder einen Satz.

Er flog, die Arme wie Superman nach vorne gestreckt, und erwischte die Schiene am Dach des Wagens. Finger schlossen sich um das Metall und sicherten ihn. Er hielt sich fest, während der Van schlingerte und sein Körper wie ein Pendel hin- und hergeworfen wurde.

Als sein Körper nach hinten schwang, nutzte er die Gelegenheit, um sich an der Schiene aufs Dach des fahrenden Wagens zu ziehen.

Leise hörte er die überraschten Schreie der Passanten und das Hupen von Autos, während der Van sich auf einem wilden Zickzackkurs durch den Verkehr schlängelte, um ihn abzuschütteln.

Den Teufel. Er würde nirgends hingehen, außer Arabella war bei ihm. Als er sich weiter nach vorne zog und seine Haare nach hinten geweht wurden, fand der Van endlich eine freie Spur und beschleunigte.

Die Muskeln in seinen Armen und Schultern spannten sich an, als er gegen den Fahrtwind, der über das Dach brauste, ankämpfte. Er streckte den Kopf über die Vorderseite und setzte ein wildes Grinsen auf, als er den Fahrer des Fahrzeugs und dessen Passagiere überraschte.

„Hallo", formte er mit dem Mund. „Schöner Tag für eine Spazierfahrt, nicht wahr?"

Offensichtlich stimmten sie ihm nicht zu. Sie bremsten.

Gut, dass er das erwartet hatte. Sein Körper flog nach vorne, doch er hielt sich weiter an den Schienen fest, selbst wenn er sich dadurch die Handgelenke zerrte.

Sein Körper landete auf der Motorhaube des Vans und hinterließ eine beeindruckende Delle in Hayder-Form. Da der Van nun still stand, doch wahrscheinlich nicht lange, vergeudete Hayder keine Zeit. Er ließ mit einer Hand los und schlug mit ihr die Windschutzscheibe ein.

Es tat weh. Vielleicht hatte er sich ein oder zwei Fingerknöchel gebrochen, was ein paar Tage brauchen würde, um zu verheilen. Doch der Ausdruck auf dem Gesicht des Fahrers, als er durch das faustgroße Loch griff und ihn am

Kragen packte, war diese Verletzung wert. Hayder riss ihn nach vorne und schlug sein Gesicht gegen das Glas, wodurch dieses weiter splitterte. Nach ein paar weiteren für den Fahrer vermutlich schmerzhaften Schlägen kollabierte die Scheibe.

Zu dieser Zeit war der Kerl bereits bewusstlos und es machte keinen Spaß mehr, mit ihm zu spielen. Sein Beifahrer jedoch, der das Schauspiel erstarrt mitangesehen hatte, wollte nun an dem Spaß teilnehmen.

„Auch eine Runde? Warte eine Sekunde." Hayder schlug den Fahrer ein letztes Mal gegen das Lenkrad und ließ ihn dann los, um sich dem Beifahrer zu widmen.

Er packte ihn mit zwei Händen und zog ihn auf die Motorhaube, während der dritte Kerl versuchte, sich durch die Vordersitze zu zwängen, um seinem Kumpel zu helfen.

Ein Grinsen spaltete Hayders Lippen. „Ganz ruhig, mein pummeliger Freund. Zu dir komme ich gleich."

Zuerst stand Hayder jedoch auf und riss seinen gegenwärtigen Gegner auf die Beine. Er schüttelte ihn. „Wer bist du und was willst du von Arabella?"

Als der Wolf – deutlich erkennbar an seinem Gestank – nicht antwortete, verpasste Hayder ihm einen Kopfstoß. Seine Mutter erwähnte bei jeder Gelegenheit, dass er einen Dickschädel hatte, und er benutzte diesen gerne.

„Ich habe dir eine Frage gestellt. Antworte."

Dieses Mal schwieg der Hund nicht. „Ich bin Davis, vom Northern Lakes Rudel."

„Arabellas altes Rudel?"

Er nickte.

„Sind du und deine Kumpel die Einzigen, die sie jagen?"

Er zögerte.

Hayder hob ihn von der Motorhaube und schüttelte ihn

vehement, bis der Kopf des Wolfes herumschleuderte. „Antworte mir, du Penner."

„Ich rede." Der Junge stank nach Furcht. Nicht so mutig, wenn er es mit einem echten Raubtier zu tun hatte. „Wir sind nicht alleine. Das ganze Rudel ist hier, und noch ein paar andere. Ihr Vermögen und der Kampf um den Platz des Alphas haben sich herumgesprochen. Es ist ein Kopfgeld auf sie ausgesetzt, wenn man sie vor dem Vollmond zurückbringt."

Sie hatten einen Preis auf ihren Kopf ausgesetzt? Um wie viel Geld ging es hier, wenn diese Idioten so viel riskierten, um sie zu erwischen?

Hayder zog den Jungen zu sich und stellte sicher, dass er seine volle Aufmerksamkeit hatte, bevor er knurrte: „Sag deinem Rudel und allen anderen, die nach ihr suchen, dass sie jetzt unter dem Schutz des Löwenrudels steht. Sie gehört jetzt uns. Und wenn ihr sie wollt, müsst ihr an uns vorbei. Ihr findet uns in unserem Hochhaus, dem Firmenhauptquartier und im Restaurant. Wenn niemand da ist, um euch zu vermöbeln, wartet einfach. Ich kenne ein paar Katzen, die ihre Schränke für den Winter gerne mit Pelzmänteln füllen würden."

Mit dieser Einladung zum Tango warf Hayder den jungen Wolf beiseite. Er hatte Besseres zu tun, als seine Zeit mit einem unwürdigen Gegner zu vergeuden.

Wie etwa die anderen Arschlöcher verfolgen, die dachten, mit Arabella verschwinden zu können.

Nicht nur sein Löwe liebte es, Beute zu jagen.

Er rannte aber nicht, was unwürdig wäre, besonders, wenn ein schneller Schritt ausreichte. Es war nicht schwierig, der Spur zu folgen. Der Wolfsgeruch erwies sich als intensiv und das unverkennbare Aroma von Angst drängte ihn, schneller zu werden.

Er konnte sie nicht sehen und unter den wenigen Passanten auf dem Bürgersteig konnten sie sich kaum verstecken. Sie mussten in ein Gebäude oder eine Seitenstraße gegangen sein. Anstatt sie zu suchen, ließ er seine Nase die Arbeit erledigen. Einatmen.

Die Gerüche filtern.

Aha.

Da, die Straße noch ein paar Häuser hoch und dann in die Spielhalle. Die Wölfe hatten sie wahrscheinlich dort hineingezogen, um ihren Duft zu verschleiern und dann durch die Hintertür zu verschwinden. Aber Hayder kannte diesen Laden. Er wusste, wo die Tür zur Seitengasse war, weshalb er mit verschränkten Armen auf sie wartete, als die Stahltür aufschwang.

„Scheiße, er ist hier. Zurück", knurrte der Pummelige.

„Oh, wegen mir müsst ihr nicht gehen. Ich bestehe darauf, dass ihr bleibt." Und um sicherzustellen, dass er blieb, trat er die Tür zu.

Die zwei Gauner wichen zurück, wobei der Kerl, der in ein Laufband investieren sollte, Arabella schützend vor sich hielt.

Sie lebte. Aber ihre Augen zeigten eine Resignation, die Hayder nicht gefiel. „Baby, geht es dir gut? Haben sie dir wehgetan?"

Die Antwort war irrelevant. Zu diesem Zeitpunkt würde er die Kerle so oder so bestrafen, und das gewaltsam. Sie hatten das Unverzeihliche getan, als sie Arabella entführt und sie verängstigt hatten. Aber wenn sie sie tatsächlich verletzt oder zum Weinen gebracht hätten ...

Sie werden sich noch wünschen, dass ihre Mütter Migräne gehabt hätten, als sie gezeugt wurden.

Rawr.

Ihre Antwort kam so leise, dass er sie fast überhörte.

„Ich habe dir gesagt, dass das passieren würde. Sie werden mich nie in Ruhe lassen."

Wie überzeugt und unglücklich sie wirkte. Völlig inakzeptabel.

„Wage es nicht, das ohne Kampf hinzunehmen", knurrte er.

Der Pummelige hätte mehr Zeit damit verbringen sollen, seinen Geist zu erweitern anstatt seinen Hosenbund, denn seine Antwort war sehr unklug. „Bella weiß, wo ihr Platz ist, und nach dem nächsten Vollmond wird das auf den Knien sein, um dem nächsten Alpha des Rudels zu dienen."

Nie im Leben. Hayder dachte nicht einmal darüber nach. Seine Faust schoss hervor und traf mit einem befriedigenden Knacken die Nase des Idioten, wodurch nur noch ein Wolf übrigblieb. Ein noch dümmerer Wolf, der scheinbar dachte, dass das Klappmesser, das er aus der Tasche gezogen hatte, einen Unterschied machen würde.

„Bist du dumm genug zu denken, dass du es mit diesem lächerlichen Messer mit mir aufnehmen kannst?" Hayder konnte seine Ungläubigkeit nicht verbergen.

„Bleib zurück, Katze, sonst. Es ist aus Silber."

Silber, was Schmerzen bedeutete, sollte er damit geschnitten werden. Außerdem verheilten solche Wunden auch schlechter. Aber ein Messer mit einer Acht-Zentimeter-Klinge würde Hayder nicht von seinem Mädchen fernhalten.

Als Beta wollte er dem Kerl aber eine Chance geben. Geduld an den Tag legen, bevor er handelte, so hatte er es zumindest in den Kursen zur Aggressionsbewältigung, zu denen Leo ihn zwang, gelernt. Hayder nutzte einen der Tricks, die er gelernt hatte, um seine Impulse zu kontrollieren. Er zählte. „Drei."

„Ich schlitze dich auf." Sein Gegner fuchtelte mit dem Messer in der Luft herum.

„Zwei."

„Das ist mein Ernst."

„Eins. Du bist tot." Hayder machte einen Schritt nach vorne und der dumme Wolf trat einen Schritt zurück, wobei er seine Hand immer noch um Arabellas Arm geschlossen hatte.

Blitzschnell schoss Hayders Hand vor und packte das Handgelenk des Kerls. Dieser Typ hatte etwas schnellere Reflexe als seine Brüder und schaffte es, eine rote Linie in Hayders Handfläche zu hinterlassen.

Das Blut machte Hayder nichts aus. Nur ein Kratzer.

Doch der kupferne Geruch machte etwas mit Arabella.

Ihr Kopf schoss nach oben. Ihre Nasenflügel weiteten sich. Ihre braunen Augen nahmen eine Wildheit an. Ihre Lippen öffneten sich in einem Knurren.

„Rühr. Ihn. Nicht. An!" Mit einem lauten Schrei drehte sie sich zu ihrem Geiselnehmer um und stürzte sich tollwütig auf ihn.

Wie cool.

Kapitel 6

Nicht cool.

Wie konnte Hayder es wagen, ihre Wünsche zu ignorieren. Nicht, dass sie laut protestiert hätte. Getreu ihrer Gewohnheit schwieg Arabella, als sie im Restaurant am Tisch saß. Das einzige Zeichen für ihren Unmut war eine schmollende Unterlippe.

Ihr Schmollen hatte Publikum, denn sie war nicht alleine. Hayder saß ihr gegenüber. Der Kellner hatte sie an einen Tisch in einer Nische gesetzt, der viel zu groß für sie beide war. Und abgelegen.

Außerdem herrschte aufgrund der flackernden Kerze auf dem Tisch, die sie in einem warmen Licht badete, eine intime Stimmung. Apropos warm ... Ihr lederner Sitzplatz erwies sich als kühl an ihrem Po, was ihre Stimmung, die irgendwo zwischen benebelt und schmollend lag, nicht im Geringsten verbesserte.

Benebelt, da sie sich nicht genau daran erinnern konnte, was passiert war, nur noch daran, dass Hayder sie von Jim herunterziehen musste. Jim war das Schwein, das ihr einst detailliert erläutert hatte, welche ekelhaften

Dinge er mit ihr anstellen würde, sobald sie seine Gefährtin war. Aber es waren nicht Jims Absichten, die sie so wild und unkontrolliert gemacht hatten. Nein, ihr kurzzeitiger Aussetzer lag nur an dem Löwen, der ihr gegenüber saß.

Jim hatte Hayder geschnitten, keine lebensgefährliche Wunde, doch trotzdem hatte seine blutende Hand sie ausrasten lassen. *Wie kann Jim es nur wagen, ihn zu verletzen!* Seltsam, wie es ihre Taten beeinflusst hatte, jemand anderes verletzt zu sehen, wenn sie doch immer nur den Kopf einzog, wenn die Leute ihr gegenüber gewalttätig wurden. *Warum kann ich nicht für mich selbst eintreten?*

Vielleicht würde ihr Handeln heute sie dazu veranlassen, mehr zu kämpfen.

Ich habe gekämpft und gewonnen. Gewonnen, selbst wenn sie nicht wusste, wie.

Hayder schien das *Wie* nicht zu hinterfragen. Nachdem er sie von Jim heruntergezogen hatte, während sie diesem heftig drohte, ihm gewisse wichtige Körperteile auszureißen, drehte Hayder sie mit einem ausgelassenen Freudenschrei herum.

„Du hast es ihm gezeigt, Baby. Ich wusste, dass sich da drinnen eine wilde Frau versteckt. Und ich wette, dass du jetzt Hunger hast."

Sie hatte Hunger – Arabella war kein Mädchen, das Mahlzeiten ausließ –, doch dieser Entführungsversuch hatte eines sehr deutlich gemacht. In der Öffentlichkeit war es nicht sicher, und darauf wies sie ihn hin. „Ich habe dir gesagt, dass es hier gefährlich ist", klagte sie ihn mutig an, da sie immer noch vom Adrenalin des Kampfes aufgeputscht war.

„Ich war da, um dich zu beschützen, und angesichts der Tatsache, dass ich dich von dem Kerl herunterziehen musste, der übrigens sicher an ein paar Stellen genäht werden muss, weißt du, wie man sich verteidigt."

Sie wusste nicht, was über sie gekommen war. Sie hatte Blut gerochen, um genau zu sein, das von Hayder, und hatte daraufhin den Verstand verloren. Buchstäblich.

Und es hat mir gefallen.

Aber diese eine Tat war eine Anomalie. Sie konnte nicht darauf vertrauen, dass Überraschung und Adrenalin sie erneut beschützen würden, wenn ihr altes Rudel es wieder versuchte, wovon sie überzeugt war. „Du hättest sie mich einfach mitnehmen lassen sollen. Sie werden nie aufgeben."

„Sie dich mitnehmen zu lassen ist keine Option."

„Wegen eures Versprechens Jeoff gegenüber."

„Nein, weil ich nicht zulassen würde, dass diese Penner irgendjemanden mitnehmen, besonders nicht, da sie vorhaben eine Heirat zu erzwingen."

Warum deprimierte sie diese verallgemeinernde Antwort? „Indem du mich beschützt, bringst du dich aber selbst in Gefahr."

„Pah." Er schnaubte. „Welche Gefahr?"

Sie blinzelte. „Hast du dir den Kopf gestoßen? Oder erinnerst du dich nicht daran, was gerade passiert ist? Sie haben dich mit einem Van angefahren, mich auf offener Straße entführt und dann versucht dich umzubringen, indem sie dich vom Wagen schleudern wollten. Oh, und dann haben sie dich mit einem Messer angegriffen." Sie schrie ihre Antwort fast, da sie immer noch schockiert war.

Erneut entkam ihm ein spöttisches Geräusch. „Ha. Das nennst du Gefahr? Ich sehe das mehr als Sport an. Und nur damit du es weißt, selbst wenn sie mich heruntergeschleudert hätten, wären sie nicht weit gekommen. Diese Stadt gehört dem Löwenrudel. Du dachtest doch nicht, dass ich der Einzige war, der dich im Auge behielt, oder? Die Jägerinnen des Rudels waren immer in unserer Nähe."

„Welche Jägerinnen? Ich habe niemanden gesehen."

„Das solltest du auch nicht."

Nachdem er die bewusstlosen Wölfe in der Seitengasse verstaut hatte, hakte er ihre Hand unter seinem Arm ein, ignorierte ihr Niesen und zog sie wieder hinaus auf den Bürgersteig. Von dort aus deutete er in verschiedene Richtungen und verkündete: „Da sind Luna und Zena, die so tun, als würden sie bummeln. Das in dem Auto da drüben, dem roten mit der Blondine am Steuer, ist Stacy. Und ich bin mir ziemlich sicher, dass Melly irgendwo auf dem Dach ist und mich verflucht, weil ich ihr den Spaß verdorben habe. Sie liebt es einfach, wenn sie von da oben auf jemanden herunterspringen und ihn verprügeln kann. Ich persönlich denke ja, dass sie als Kind zu viele Batman-Filme gesehen hat. Zumindest hat sie aufgehört, diese verdammte Lederkluft zu tragen, nachdem sich ihre Löwin darin verheddert hatte."

Während der dümmlichen Aufzählung der Charakteristika des Rudels und peinlicher Stunts, führte Hayder sie zum Restaurant, das ein paar Blocks die Straße hinunter lag. Lion's Pride, eine Steakhousekette, die niemand anderem als Hayders Alpha gehörte.

Trotz ihrer schwachen Proteste, dass sie zurück in das Hochhaus des Rudels gehen sollten – noch schwächer, sobald sie das Aroma gebratenen Fleisches riechen konnte –, hatte er sie kurz darauf zu einer Nische geführt und dem Kellner gesagt: „Bring uns euren besten Champagner. Arabella hier hat gerade ein paar heftige Schläge ausgeteilt, und das ist ein Grund zum Feiern."

Sie stöhnte fast. Toll, er wollte etwas feiern, das sie

vermutlich wieder heimsuchen würde, sobald Jim und die anderen sie wieder geschnappt hatten.

Was dachte ich mir nur? Sie wusste es besser, dass sie nicht zurückschlagen sollte. Trotz tat letztendlich mehr weh, als es das kurze Vergnügen, sich zu wehren, wert war.

Dazu noch Hayders offene Herausforderung, ihr altes Rudel sollte nur kommen, was ohne Zweifel passieren würde. Sie würden immer wieder kommen, bis sie wieder im Schoß des Rudels war. Dann würden sie sie bezahlen lassen, bevor sie sie umbrachten.

„Du hast wieder diesen Blick", sagte Hayder, als er mit den Fingern vor ihren Augen herumschnipste.

„Welchen Blick?", murmelte sie, wobei sie auf das polierte Holz der Tischplatte starrte. Keine Tischdecke schmückte die Oberfläche, nur einfaches Holz, das sie nicht von dem Mann ihr gegenüber ablenken konnte.

„Dieser Blick, der sagt: Weh mir, ich habe aufgegeben. Das ist kein guter Blick."

„Warum interessiert dich das?"

„Weil."

„Weil ist keine Antwort." Die Worte verließen ihren Mund und sie hatte keine Zeit, wegen ihrer Widerworte Angst zu verspüren, als sein Gelächter auf sie hereinprasselte.

„Nun, das ist schon etwas besser. Du solltest deinen Kampfgeist öfter herauslassen."

Arabella würde ihn gerne herauslassen, aber er war so tief vergraben, dass sie bezweifelte, ihn jemals wieder ans Tageslicht locken zu können.

Untätig malte sie ihren Namen mit den Fingern auf den Tisch, um sich darauf anstatt auf ihn konzentrieren zu können. „Ich verstehe dich nicht." Das tat sie wirklich nicht. Er war so anders als die Männer, die sie gewohnt

Wenn ein Löwe brüllt

war. Auf gewisse Weise erinnerte er sie an ihren Bruder, Jeoff.

Bis auf die Tatsache, dass ich meinen Bruder nie küssen wollte.

„Aber macht es mich nicht umso interessanter, je weniger du mich verstehst? Sieh mich einfach als mysteriöses Geschenk an, dass du jederzeit auspacken darfst. Vorzugsweise mit deinen Lippen und Zähnen."

Unverschämte Worte, doch die Reaktion ihres Körpers war noch schockierender. Sein aufdringliches Flirten startete eine Kettenreaktion. Sie konnte weder verhindern, dass sich ihre Nippel in harte Knospen verwandelten, noch konnte sie die Hitze verbergen, die ihre Wangen erröten ließ.

„Ich weiß nicht, wie du so respektlos sein" – *oder so schmutzige Worte sagen* – „kannst." *Sag sie erneut.*

„Wenn ich wieder *weil* sage, wirst du dann böse? Ich habe ein Himmelbett und jede Menge Krawatten." Er zwinkerte ihr zu.

Sie war sprachlos, weil sie nichts dagegen tun konnte, sich vorzustellen, wie er mit allen Vieren von sich gestreckt und mit viel weniger Kleidung auf dem Bett lag. Aber andererseits, wieso sollte er Kleidung tragen, wenn er stattdessen eine nackte Arabella tragen konnte?

Oh mein Gott.

Aufhören.

Konzentrier dich. Konzentrier dich auf etwas anderes als ihn. Ignoriere die so lange unterdrückten Hormone, die dich jetzt überfluten.

Sie musste sich zusammenreißen. Sich beherrschen. Sie konnte nicht einfach jedem heißen Kerl nachschmachten, jetzt wo Harry weg war. Ihr einsamer Körper – mit seinen spinnwebenüberzogenen Erinnerungen an sinnliches Vergnügen – würde warten müssen, bis sie in der Lage war, in der Öffentlichkeit zu leben und Herrscherin über ihre Entscheidungen zu sein. Herrscherin über ihren eigenen Körper.

Selbst wenn seine Herrschaft über ihn meine Welt erschüttern würde.

Seufz. Sie konnte nichts dagegen tun.

Oder ihn ignorieren.

„Ich kann sehen, dass du ernsthaft darüber nachdenkst. Warum machen wir es nicht zur Realität? Wir könnten in weniger als fünf Minuten zuhause sein."

Das entschlossene Glitzern in seinen Augen sagte ihr, dass es vielleicht sogar nur vier Minuten dauern würde. Drei, wenn er wirklich Gas gab.

Sie war fast versucht, ihm zu sagen, dass sie seine Zeit stoppen würde. Glücklicherweise ließ ihr gesunder Menschenverstand – auch bekannt als der Keuschheitsgürtel zu ihrem Sexualleben – sie sagen: „Ich lasse mich nicht mit dir ein."

„Sagst du das wegen deiner Allergie? Denn ich bin gewillt, sie zu ignorieren."

„Meine Allergie ist ein guter Grund, aber nicht der größte. Mich mit dir einzulassen ist zu gefährlich und –" So viel dazu, den Satz zu beenden.

Hayder bewegte sich zu schnell, um ihn stoppen zu können, besonders, da er es unerwartet tat.

Eine Faust oder eine Ohrfeige, selbst ein Tritt, die Anzeichen dafür hätte sie erkannt und sie hätte gewusst, wie sie sich darauf vorbereiten konnte. Aber Hayder zeigte keine Anzeichen für sein Vorhaben, außer das Leuchten seiner bernsteinfarbenen Augen bedeutete etwas. Er rutschte zu ihr hinüber und fing ihr nächstes Wort mit seinen Lippen ein.

Er brachte sie mit einem Kuss zum Schweigen. Einem wunderbaren, weichen, erotischen und sinnlichen Kuss. Noch erstaunlicher als das heiße Vergnügen, seine Berührung zu spüren, war es jedoch, dass sie nichts tat, um ihn zu stoppen.

Mehr.

Von dem Moment an, an dem er seine Lippen auf ihre legte, hörte sie auf zu denken. Nur noch eine Sache war wichtig. Mehr. Mehr von ihm. Mehr davon.

In diesem Augenblick hörte falsch und richtig auf zu existieren. Gefahr und Unangemessenheit, selbst die Allergie, traten zurück und machten seinem elektrisierenden Mund Platz, der ihre Lippen entzweite und daran saugte, bis sie pochten.

Mit Expertengeschick erweckte er ihre Sinne, während er sie in seinen Armen hielt und mit seinen Zähnen an ihrer Unterlippe zog.

Es war nicht genug. *Ich will mehr.*

Und er ebenfalls. Er zog sie auf seinen Schoß, oder krabbelte sie darauf? Machte das einen Unterschied? Es brachte sie einander näher. Die Hitze seines Körpers verband sich mit ihrer eigenen. Ihre Kleidung wurde störend, kratzend, als sie sich aneinander rieben.

Wie viel schöner wäre es, wenn diese Lagen verschwinden würden. Dann könnten sie sich aneinander pressen, Haut an Haut.

Doch leider berührten sich fürs Erste nur ihre Münder. Leise Geräusche vermischten sich und seine Essenz umgab sie.

Eine Präsenz störte die Situation.

Grrrr.

Der Unterbrechung wurde mit einem bedrohlichen

Knurren entsprochen, einem leisen Rumoren, das die Rippen erschütterte.

Arabella schnellte herum und fletschte so schnell die Zähne, dass sie einen Augenblick brauchte, um überhaupt zu realisieren, dass es geschehen war. Mit eindringlichen Augen starrte sie den Störenfried an.

Der Kellner, dem Geruch nach ein Tiger, verzog keine Wimper. „Ihr Champagner, Ma'am."

„Sie können ihren Champagner nehmen und –" Sie sagte beinahe *ihn sich dorthin schieben, wo die Sonne nie scheint.*

Beinahe.

Sie hätte das nicht denken sollen, geschweige denn fast sagen sollen.

Gut, dass sie bereits saß, ansonsten wäre sie vielleicht vor Überraschung umgefallen. Was passierte mit ihr?

Warum war sie so sauer auf den Kellner? So überaus sauer.

Sie versuchte sich zu beruhigen, als sie ausdruckslos auf die Flasche und die Gläser starrte.

Wirf sie ihm an den Kopf.

Sie kannte dieses hinterhältige Flüstern. Aber sie antwortete nicht. Sie war zu beschäftigt damit, ihre Fäuste zu ballen, damit sie nicht handelte.

Hayder küsste sie am Hals. Durch das Zittern ihres ganzen Körpers hindurch konnte sie ihn sagen hören: „Stell es einfach auf den Tisch, Kumpel. Und schleich dich nächstes Mal nicht so an mein Baby heran, wenn sie beschäftigt ist. Sie sieht äußerlich vielleicht ganz süß aus, aber sie hat einen brutalen Kern und könnte dir vielleicht wehtun."

Er sagte es neckend und sie hätte vielleicht glauben können, dass er sie verspottete, doch ein Teil von ihr stimmte seinen Worten zu. Sie war über die Unterbrechung nicht im Geringsten erfreut und wollte sich immer noch auf den Kellner stürzen.

Selbst wenn ich ihm danken sollte.

Er hatte einen Augenblick der Verwirrung unterbrochen. Jetzt wo die Klarheit zurückkehrte, konnte sie analysieren, was passiert war, und sich erlauben, erschrocken zu sein.

Sie sollte Hayder nicht in einem öffentlichen Restaurant küssen. Verdammt, sie sollte ihn überhaupt nicht küssen. Sie kannte ihn kaum. Sie war nur ein Job für ihn. Sie war ihm egal. Sein einziger Grund, bei ihr zu sein, war, dass er sie beschützen musste. Und was war mit ihrer Allergie? Was war damit? Sie hatte während des Kusses kein einziges Mal niesen müssen. Vielleicht –

Hatschi!

Nein. Nicht verschwunden. Obwohl sie während des Kusses einen Moment Ruhe gegeben hatte, war sie immer noch da, bereit ohne Ankündigung zuzuschlagen. Ein weiterer Beweis, warum sie sich von ihm fernhalten sollte.

Doch Hayder wusste anscheinend nicht, wie man subtile Hinweise deutete. Diese dumme Katze verschwand nicht. Sie zielte mit ihrem nächsten Niesen in seine Richtung.

Nimm das, Lustmolch.

„Fertig?", fragte er mit hochgezogener Augenbraue.

„Nein, also gehst du besser weg." *Hatschi.*

„Weißt du, Baby, es gibt andere Möglichkeiten, mich mit deinem Duft zu markieren.

Sture Katze.

Mit einem weiteren Knurren, dieses Mal einem absichtlichen, rutschte sie von seinem Schoß und zurück auf ihren Platz, um sich so viel Freiraum wie möglich zu verschaffen.

Als könnte sie in dieser Welt genügend Abstand zu diesem charismatischen Mann aufbauen, um ihn zu ignorieren.

Er wirkte von ihrem finsteren Blick oder der Tatsache, dass sie sein Shirt durchnässt hatte, nicht im Geringsten beeindruckt. Er goss ihnen beiden einen Drink ein.

Sie hätte vermutlich abgelehnt, würde sie nicht etwas brauchen, um seinen Geschmack in ihrem Mund zu übertönen. Sie schnappte sich den Stil des angebotenen Glases und kippte den Inhalt in ihren Mund.

Der prickelnde Champagner kitzelte auf dem Weg nach unten und hinterließ eine warme Trägheit.

Das Abendessen verlief hauptsächlich schweigend, bis auf ein gelegentliches Stöhnen beim Essen. Es war wirklich so gut.

Und das Dessert erwies sich als noch besser, wie er behauptet hatte.

Ein leises Summen rollte über ihre Lippen, als die Schokolade und das Karamell auf ihre Zunge trafen. „Oh mein Gott ist das gut. So gut. So unglaublich köstlich." Sie stöhnte dieses letzte Wort.

„Heilige Scheiße, Baby. Hör auf, oder ich bin nicht mehr verantwortlich für das, was ich tue."

Sie öffnete die Augen und blickte in seine lodernden Augen. Die Anspannung in seinem Körper ließ die Luft zwischen ihnen praktisch vibrieren.

Sag etwas. Sag ihm, dass er aufhören soll, dich anzustarren. Aufhören soll, so auszusehen, als würde er dich verschlingen wollen.

Aber das gefällt mir. Sie wollte dieses begierige Flirten. Aber sie wollte auch die Kontrolle. Wie sollte sie das schaffen? Die Lösung schien zu einfach zu sein.

Bekämpfe Sinnlichkeit mit ... Sinnlichkeit.

„Womit aufhören?", sagte sie unschuldig.

Tief in seine Augen blickend, brachte sie eine Portion Nirwana an ihren Mund. Sie steckte den Löffel zwischen ihre Lippen und schleckte mit ihrer Zungenspitze darüber.

Ein Nerv zuckte in seiner Wange.

Der Löffel schob sich in ihren Mund und sie saugte den zuckrigen Happen herunter.

Er schluckte.

Langsam zog sie den Löffel heraus und schleckte ihn sauber.

Er stöhnte. „Das muss das Grausamste sein, das je jemand mit mir gemacht hat."

Sie hätte über seinen jämmerlichen Gesichtsausdruck lachen können, doch jemand Großes, Blondes mit einem Todeswunsch stolzierte herbei und warf sich praktisch auf Hayder.

Grrr.

Für eine Wölfin, die nicht aus ihrem Versteck kommen wollte, verhielt sich jemand ziemlich herrisch.

Nein, sie ist eifersüchtig.

Dieses grünäugige Monster brachte sie so in Rage, und das aus gutem Grund. Das riesige Flittchen umarmte Hayder und gab ihm einen Schmatzer auf beide Wangen. Sie musste all ihre Willenskraft aufbringen, um nicht über den Tisch zu hechten und ihr die Augen auszukratzen. Stattdessen grub Arabella ihre Nägel in ihre Handflächen.

„Cousin. Wie lange ist es her", platzte das Flittchen heraus.

Cousin?

„Wenn du mich fragst, noch nicht lange genug", antwortete er. „Welche Probleme haben dich hierher geführt, Meena?"

„Weißt du, dass es schon zehn Jahre her ist, dass ich Ariks Rudel besucht habe?"

„Mach zwanzig draus, bevor du wieder kommst."

Falls Arabella erwartete, dass Hayders seltsame Cousine beleidigt sein würde, lag sie falsch. Die große Blondine kicherte. „Oh, Hayder. Du weißt, dass du mich liebst."

„So wie ich Zecken liebe. Ich habe dir deinen Stunt immer noch nicht verziehen."

„Das war vor Jahren und deine Augenbrauen sind wie ich sehe nachgewachsen."

Mit einem Knurren hievte Hayder seine Cousine von seinem Schoß und rutschte zur Seite. Doch Arabella bemerkte, dass er, wie sehr er auch knurrte, sie trotzdem behutsam behandelte.

Arabella erwies sich als nicht so behutsam, als Meena mit einer Gabel in Richtung ihres Kuchens stach. *Meins.*

Bevor Arabella blinzeln konnte, schlug sie die Hand der Blondine bereits weg, wodurch ihre Gabel davonflog.

Sie starrten einander mit offenen Mündern an.

„Ich vermute, du teilst nicht gerne", stellte Meena fest.

Nein. Weder ihr Dessert noch ihren Mann.

Er ist nicht mein Mann.

Wie auch immer.

Erneut nahm Meena keinen Anstoß, wenn man nach ihrem breiten Grinsen gehen konnte. „Temperamentvoll. Nicht schlecht. Ich mag sie. Du solltest sie behalten."

„Nein." Arabella meldete sich sofort zu Wort.

Ebenso Hayder. „Definitiv."

Seine Antwort war das genaue Gegenteil von ihrer und erstaunte sie.

Einen Augenblick lang wurde nicht gesprochen.

Meena schwang ihren Kopf in eine Richtung und dann in die andere, da sie offensichtlich das Beziehungstennis bemerkte. „Verdammt. Sieht so aus, als wäre ich rechtzeitig gekommen, um etwas Drama mitzubekommen. Wann gesteht ihr euch eure unsterbliche Liebe und Leidenschaft füreinander?"

„Nie."

„Später."

Wieder zwei gegensätzliche Antworten. Arabella hatte genug davon. Beide ignorierend stand sie vom Tisch auf. „Ich gehe wieder in die Wohnung. Ich bin müde."

„Ich komme mit dir."

„Nicht nötig. Ich brauche dich nicht." Welch Lüge.

„Und da du diesen Kuchen nicht brauchst, darf ich ihn aufessen?" Ohne zu warten, schnappte sich Meena den Teller und zog ihn zu sich.

Arabella wollte ihn sich beinahe zurückholen. *Mein köstliches Dessert.*

Stattdessen drehte sie sich um und stolzierte davon. Das Prickeln zwischen ihren Schulterblättern sagte ihr, dass sie nicht alleine war.

„Du weißt, dass ich dich nicht ohne Begleitung gehen lassen kann."

„Was ist mit der Rechnung?", sagte sie über ihre Schulter. „Oder willst du die Zeche prellen?" Sie winkte dem Kellner. „Er versucht zu verschwinden, ohne zu zahlen." Ihre plötzliche Kühnheit hätte ihn wütend brüllen lassen sollen – und sie hätte zu laufen anfangen sollen, um seiner Rache zu entgehen.

Aber ihre Tollpatschigkeit obsiegte und sie stolperte, während er kicherte. „Schreib es an."

War das nicht typisch?

Wütend, auch wenn sie nicht genau sagen konnte warum, trat Arabella aus dem Restaurant auf den Bürgersteig. Es überraschte sie immer noch, dass nach diesem

Vorfall mit dem Van der Kidnapper die Polizei nicht gerufen worden war. Offensichtlich gehörte die Stadt dem Löwenrudel in mehrfacher Hinsicht.

Ihre Sneaker machten kaum Geräusche auf dem Bürgersteig und Hayder war noch leiser. Da der Wind aus der entgegengesetzten Richtung kam, überraschte sie der Arm, der sich um ihre Taille schlängelte.

Sie schrie und spannte sich an.

Hayder zog sie nahe an sich und sie streckte den Kopf, um zu ihm aufzublicken, wobei sie seinen Geruch einatmete … und nieste.

Kapitel 7

Hatschi.

Hayder widerstand dem Drang, sich das Gesicht abzuwischen. Er wusste, dass sie ihn absichtlich angeniest hatte. Sie wollte ihn provozieren. Versuchte, ihm eine Reaktion zu entlocken.

Sie testet mich.

Und er hatte vor mit Bestnote zu bestehen.

Also ließ er sie einen Treffer landen. Er ließ sich von ihr anniesen und sie ihre Allergie als Ausrede nutzen, um ihn auf Abstand zu halten. Jetzt war nicht die Zeit, sie zu drängen. Die Straße, wo er aufmerksam bleiben musste, war nicht der Ort, um über ihre Zukunft zu sprechen. Ihre gemeinsame Zukunft.

Hayder war offiziell vom Markt – all die enttäuschten Frauen, die nie die Gelegenheit gehabt hatten, seine Gesellschaft zu genießen. Er war dem Paarungsfieber verfallen und das hatte offensichtlich viel mit Katzenminze gemeinsam. Unwiderstehlich und berauschend.

Jetzt musste er nur noch Arabella dazu bringen, es ebenfalls zu fühlen. Er hatte im Restaurant einen Hauch ihrer Leidenschaft für ihn mitbekommen. Jetzt musste er sie nur noch dazu bewegen, es zuzugeben und aufzuhören, sich dagegen zu wehren.

Sobald sie die Sicherheit der Wohnung erreicht hatten und die Tür hinter ihnen geschlossen war, startete er seinen Angriff. „Also, Baby, sag mir, warum du darauf bestehst, mich wegzustoßen?" Er kam sofort auf den Punkt.

„Wieso denkst du, dass ich das tue?" Sie wich der Frage aus, wobei sie sich in den Sessel setzte und sich so effektiv außer Reichweite platzierte. Das dachte sie zumindest.

Er antwortete nicht auf ihre Gegenfrage. Warum auch, wenn er die Wahrheit in seiner Aussage beweisen konnte. Er hob sie aus dem Stuhl, nahm Platz und setzte sie auf seinen Schoß.

Sie sprang schneller herunter als ein Häschen nach der dritten Tasse Cappuccino.

„Das meine ich. Warum lässt du mich dich nicht berühren?"

„Musst du das ernsthaft fragen?"

„Ich könnte lachen, während ich frage, aber ich denke nicht, dass es komisch ist. Ich will, dass du mich willst. Ich denke, du willst das auch. Und doch wehrst du dich dagegen? Warum?"

„Weil ich dich erst ein paar Stunden kenne."

„Hast du noch nichts von Liebe auf den ersten Blick gehört? Oder wir nennen es Paarungsfieber. Egal wie wir dazu sagen, du weißt, dass zwischen uns etwas passiert."

„Das darf nicht passieren."

„Warum?"

„Weil ich eigentlich immer noch trauere."

„Um einen Mann, der dich nicht gut behandelt hat."

„Das habe ich nie gesagt."

„Ich bin kein blinder Idiot. Jemand hat dir wehgetan.

Jemand, der dir nahestand. Und obwohl es schmerzt, das zuzugeben, denke ich nicht, dass Jeoff jemand ist, der so etwas machen würde. Was bedeutet, dass es jemand anderes war, der dir nahestand. Wie etwa dein Gefährte."

„Man sollte nicht schlecht von den Toten sprechen."

„Oder was? Kommt er zurück und sucht mich als Geist heim? Ich hätte nichts dagegen, denn dann könnte ich dem Arsch eine Lektion erteilen. Er hat dir wehgetan. Er verdient meinen Respekt nicht. Ich wünschte nur, ich wäre schon früher dagewesen, um dich vor ihm zu retten." Offensichtlich hatte etwas, das er gesagt hatte, einen Nerv getroffen, denn plötzlich begannen Tränen aus ihren Augen zu quellen. „Baby, nicht weinen. Warum weinst du?"

„Das tue ich nicht", schniefte sie.

„Du vermisst den Arsch, der dich misshandelt hat, doch nicht etwa, oder?" Die bloße Vorstellung entsetzte ihn und doch wusste er nicht, warum sie sonst weinen sollte?

„Oh Gott, ich vermisse ihn nicht. Überhaupt nicht. Es ist nur ..." Sie hielt inne.

Hayder sagte seiner Katze und seiner Ungeduld, sich in eine Ecke zu setzen und zu warten. Ihr eine Chance zu geben.

Sie atmete zitternd ein. „Weißt du, mein Bruder hätte sich um Harry gekümmert, hätte er die Gelegenheit dazu bekommen. Aber er hätte es getan, weil er musste. Ich gehöre zur Familie."

„Das tue ich nicht, aber ich sage dir, ich hätte ihn umgebracht, wenn ich diesem Arsch begegnet wäre." Gesetze oder nicht. Misshandlung sollte nie toleriert werden.

Sie blinzelte schnell und verlor den Kampf gegen ihre Tränen. Ihre Stimme zitterte. „Und genau das ist es. Du würdest wirklich für mich kämpfen. Du hast das heute schon für mich getan. Du hättest sie mich mitnehmen lassen können. Doch du hast es nicht getan. Du hast mich gerettet und das Seltsame ist, ich denke, dass du es wieder tun würdest."

„So oft wie es nötig ist, um dich zu beschützen. Ich weiß, dass es verrückt ist, weil wir uns noch nicht lange kennen, aber zwischen dir und mir geschieht etwas, Baby. Etwas Verrücktes. Wildes. Etwas Vorbestimmtes. Sag mir nicht, dass du das nicht auch spürst?"

„Das tue ich." Wie leise dieses Eingeständnis war. Wie furchterregend die Wahrheit war. „Und es macht mir Angst. Du machst mir Angst. Was, wenn ich mich irre?"

Es war dieser Schrecken, der ihn dazu veranlasste zu sagen: „Das tust du nicht, aber ich werde dich zu nichts drängen." Zumindest nicht heute Nacht. Er würde ihr etwas Freiraum geben, damit sie die Geschehnisse verarbeiten konnte. „Geh ins Bett. Alleine." Oh wie er vor Trauer jaulen wollte. „Wenn du mich brauchst, ich bin in der Nähe. Du musst dir keine Sorgen mehr machen. Ich lasse dich nicht zu Schaden kommen."

Er würde sie mit seinem Leben beschützen.

So als hätte sie Angst, dass er es sich anders überlegen würde, floh Arabella, ohne ein weiteres Wort zu sagen – oder ihm einen Gutenachtkuss zu geben –, und versetzte seinem Stolz einen heftigen Schlag.

Was war ihr zugestoßen, dass sie so viel Angst davor hatte, zu vertrauen? Wie hatten es ihr Gefährte und ihr altes Rudel wagen können, sie so zu brechen?

Während des ganzen Tages hatte er einen Hauch einer anderen Arabella gesehen, einer mutigen Arabella. Wie sehr hatten dieser Harry, dieser sogenannte Alpha, und die anderen sie verletzt, um so eine wilde Seite zu unterdrücken?

Zuzusehen, wie die Schlafzimmertür sich schloss – und

sie somit voneinander trennte –, erwies sich als schwieriger, als er erwartet hatte. Er hatte Arabella erst vor ein paar Stunden kennengelernt und sein Leben hatte sich bereits völlig verändert. Sein ganzer geistiger Zustand hatte das.

Zum ersten Mal konnte er verstehen, warum Leute von Liebe auf den ersten Blick sprachen. In seinem Fall war es zwar ihr Duft, doch das änderte nichts an der Tatsache, dass er dieser ängstlichen Wölfin so schnell verfallen war. Obwohl ihre scheue Seite seinen Beschützerinstinkt weckte, liebte er die Anzeichen der Kämpferin in ihr und den Mut, der versuchte, sich zu befreien.

Er wollte ihr helfen, diesen Mut und diese Lebhaftigkeit, die er in ihr vermutete, zu befreien. Das würde geschehen, sobald er sie dazu bewegt hatte, sich von dieser schrecklichen Furcht zu lösen.

Einer Furcht, die irgendwelche Arschlöcher noch weiter schüren wollten.

Hayder sah nicht auf die Uhr, als er die Wohnung verließ. Er klopfte an der nächsten Tür und wartete mit verschränkten Armen und zuckendem Fuß. Sie öffnete sich kurz darauf und eine zerzauste Luna blickte ihn finster an.

„Was willst du?"

„Einen lebenslangen Vorrat an Porterhouse Steaks." Wirklich? Welche Katze hätte das nicht gerne?

„Klugscheißer."

„Danke. Ich wusste, dass diese IQ-Tests, die ich auf dem College gemacht hatte, nicht stimmen können. Aber genug von meiner Genialität, du musst mir einen Gefallen tun."

„Ich leihe dir meine CD-Sammlung mit den größten Hits der Achtziger nicht, um damit Tontaubenschießen zu betreiben", knurrte sie.

„Das ist nicht, was ich will. Aber dadurch würde ich die

Welt zu einem besseren Ort machen. Nein, du musst Arabellas Wohnung im Auge behalten, solange ich dem Boss von ihrer Situation erzähle."

Offensichtlich hatten sich die Gerüchte schon verbreitet, da Luna nicht nachfragte, was er meinte. „Denkst du wirklich, diese Wölfe wären dumm genug, um hier etwas zu versuchen?" Luna schlug sich gegen die Stirn. „Warum frage ich. Natürlich wären sie das. Irgendetwas in ihrem Hundefutter muss wohl ihren Verstand beeinträchtigen."

„Obwohl ich zustimme, dass dieses Rudel geistig benachteiligt ist, wäre es nett, wenn du sie in nächster Zeit nicht Hunde oder sonst irgendwelche üblen Schimpfwörter nennst."

„Warum? Bist du nicht derjenige, der die Bezeichnung *sich am Hintern leckende Flohsäcke* erfunden hat?"

Ah ja, einer seiner besseren Einfälle nach ein paar zu vielen Tequilla-Shots. „Ja. Aber das war früher. Wenn ich mir eine Wölfin zur Gefährtin nehme –"

„Langsam, Großer. Ganz ruhig. Gefährtin? Wie in" – Luna summte den Hochzeitsmarsch – „dam-dam-damdam."

Hayder zuckte fast zusammen. Zu wissen, dass er die Eine gefunden hatte, und es zuzugeben, waren zwei völlig unterschiedliche Dinge. „Ja, ich werde Arabella zu meiner Gefährtin nehmen."

„Das Mädchen, das allergisch auf dich ist?" Luna musste sich anlehnen, um vor Lachen nicht umzukippen. Sie lachte so sehr, dass ihr Tränen in die Augen stiegen.

Verärgert tippte Hayder mit dem Fuß und blickte finster drein. Dadurch lachte sie nur noch lauter.

„So lustig ist das nicht."

„Sagst du." Luna schniefte und wischte sich mit einer

Hand die Tränen aus den Augen. „Oh, warte, bis die Mädels das hören."

„Könnten wir damit noch etwas warten? Es wäre gut, wenn ich Arabella zuerst dazu bewegen könnte, zuzustimmen." Was angesichts ihrer Vergangenheit und ihres Gemütszustands sicherlich nicht einfach war.

„Du machst mich fertig, Hayder. Das sind wichtige Neuigkeiten. Wirklich wichtige."

„Ich überlasse dir mein Laufband." Das Ding wurde in seiner Wohnung sowieso nur als Kleiderständer benutzt. Drinnen zu laufen konnte einfach nicht mit dem Adrenalin eines Sprints an der frischen Luft mithalten.

„Wirklich große Neuigkeiten", betonte sie.

Er seufzte. „Gut. Du kannst dir auch jederzeit mein Auto leihen. Aber wage es nicht, wie letztes Mal deinen Müll drinnen zu vergessen."

„Wer, ich?" Das unschuldige Klimpern ihrer Wimpern machte ihm nichts vor.

Trotz ihres spielerischen Verhaltens vertraute Hayder auf ihre kämpferischen Fähigkeiten und darauf, dass er ihr die Aufsicht über seine Frau überlassen konnte, eine Frau, die ausrastete, wenn er verletzt wurde. Das war genug, um seinen Löwen zum Lächeln zu bringen. Aber die verschlossene Tür zum Penthouse seines Alphas ließ ihn brüllen.

„Arik, verdammt. Ich weiß, dass du da bist. Mach auf."

„Weiß denn hier niemand, wie man ein verdammtes Telefon benutzt?", war die geschriene Antwort.

Oh ja, dieses dumme elektronische Gerät, das er so oft verlor. Hayder hatte eine ganze Box davon in seiner Wohnung, zusammen mit Prepaid-Simkarten, die er schnell aktivieren konnte, wenn er wieder eines zerstört hatte.

„Gut. Du willst, dass ich dich anrufe. Ring! Ring! Ich muss persönlich mit dir reden."

Mit einem lauten Seufzen, das Hayder durch die geschlossene Tür hören konnte, öffnete Arik diese, wobei er etwas von nervigen Betas murmelte, die ihren Platz nicht kannten und dringend eine Tracht Prügel brauchten.

Es überraschte Hayder nicht, Arik nur in einer Jogginghose zu sehen. Seit der Mann vor Kurzem diese Friseurin geheiratet hatte, verbrachte er die meisten Abende alleine mit ihr. Es wurden schon Wetten darauf abgeschlossen, wann diese Zeit *alleine* in seiner menschlichen Gefährtin Frucht tragen würde.

„Was willst du, was nicht bis morgen warten kann?", fragte Arik, als er ihn hineinführte. Der König des Rudels ging zu der Bar, die er in einer Ecke des Wohnzimmers eingerichtet hatte. Er nahm eine Flasche Whiskey vom Regal und goss ihnen zwei großzügige Gläser ein.

„Ich möchte deine Erlaubnis, mich um das Northern Lakes Rudel kümmern du dürfen."

„Werde ich es bereuen, wenn ich frage, warum?"

„Sie bedrohen Arabella."

„Wer ist das?"

„Jeoffs Schwester."

Arik kippte die brennende Flüssigkeit hinunter, bevor er stirnrunzelnd fragte: „Warum zum Teufel sollte ich dich wegen Jeoffs Schwester einen Krieg anfangen lassen?"

„Weil diese Penner uns auf unserem Terrain angegriffen haben."

Arik entkam ein Schnauben. „Ah, ja, dieser lächerliche Entführungsversuch. Du hast mit deinen Eskapaden ziemlichen Aufruhr verursacht. Ein Teil deines Stunts hat es sogar auf *YouTube* geschafft, bevor wir es verhindern konnten. Ich musste von unserer PR-Abteilung über Twitter verlauten lassen, dass das Teil einer Szene für einen Filmdreh war."

„Du kannst mir dafür nicht die Schuld geben. Ich musste sie aufhalten." Das musste er, aber was er Arik nicht sagte, war, dass er nicht einmal über die Auswirkungen seiner Taten nachgedacht hatte. Er hatte nur gesehen, dass Arabella in Gefahr war, und musste sie retten. Scheiß auf Schaulustige und Zeugen.

„Ich kann verstehen, dass du das Gefühl hattest, handeln zu müssen. Ich meine, sie haben dich lächerlich aussehen lassen, als sie dich so unvorbereitet erwischt hatten. Aber könntest du nächstes Mal etwas diskreter sein."

„Nein." Wieso lügen?

Die Antwort überraschte seinen Anführer. „Was meinst du mit nein? Diskretion ist wichtig. Ein Mädchen ist es nicht wert, unnötige Aufmerksamkeit auf uns zu ziehen."

„Irgendein Mädchen vielleicht nicht, aber meine Gefährtin schon."

Wie erstickte man eine Konversation im Keim? Man ließ eine Bombe platzen.

„Schließ den Mund, Arik, bevor du noch Fliegen damit fängst." Nur Ariks Gefährtin kam damit durch, ihn so aufzuziehen. Gekleidet in Yoga-Pants und ein Sweatshirt kam Kira aus dem Schlafzimmer und setzte sich auf einen Barhocker.

„Hast du gehört, was er gesagt hat?", wollte ein immer noch erstaunter Arik wissen.

„Ja. Er hat sich verliebt. Ich denke, das ist süß."

„Ich hätte unmöglich gesagt", murmelte Arik.

„Wir beide, alter Freund. Aber Tatsache ist, dass ich mir zu neunundneunzig Prozent sicher bin, dass Arabella für mich bestimmt ist."

„Und das eine Prozent, das sich nicht sicher ist?"

„Das wird von meinem Löwen aufgefressen."

Kira kicherte. „Da hat es jemanden aber böse erwischt. Und ich rede nicht von deinem Haarspliss."

Beleidigt schlug Hayder eine Hand auf seine kostbare Mähne. „Nimm das zurück. Ich habe keinen Spliss."

„Komm mal zu mir in den Friseurladen und wir regeln das. Ich richte das." Sie machte ein schneidendes Geräusch, als sie ihre Finger wie eine Schere hielt, und lachte dann, als er zusammenzuckte.

„Sie ist böse, Arik."

„Und mein", sagte sein Alpha stolz.

„Also, bezüglich des Kriegs mit dem Northern Lakes Rudel?"

„Als Anführer kann ich nicht offen billigen, dass du irgendeine Scheiße anfängst, aber ich werde dich auch nicht davon abhalten, dich um ungewollte Besucher in unserer Stadt zu kümmern. Ich habe gehört, dass die Hundepopulation außer Kontrolle geraten ist und eingedämmt werden muss."

Oh, er würde sie eindämmen. Hayder würde jeden auslöschen, der Arabella bedrohte. Und es genießen.

Rawr.

Kapitel 8

Eine kühle Brise zerzauste ihr Fell, als sie durch den vernebelten Wald raste.

Frei. Frei. Bald würde sie frei sein.

Genug war genug. Wenn ihre menschliche Hälfte nicht tun konnte, was getan werden musste, dann würde die Wölfin das tun müssen.

Genug von diesem Versteckspiel. Genug von dieser Schande.

Sie würde weit, weit davonlaufen und von Neuem beginnen. *A-uuuh! A-uuuh!* Es klang so natürlich, das Heulen weiterer Wölfe, die in der Nacht herumrannten. Doch sie konnte ihre Absicht entschlüsseln, auch wenn das Heulen keine Worte beinhaltete.

Wir werden dich holen. Wir werden dir wehtun. Lauf, lauf so schnell du kannst, du wirst dem Rudel nicht entkommen können.

Verdammt. Sie hatten entdeckt, dass sie weg war, und verfolgten sie nun. Ihr Vorsprung war umsonst. Diejenigen, die sie jagten, waren viel größer und schneller. Wenn sie ihnen entkommen wollte, dann musste sie mehr Abstand gewinnen.

Sie lief schneller, ihre vier Pfoten bewegten sich im Rhythmus und ihre schwieligen Ballen gruben sich in den Boden. Sie fanden den nötigen Halt, um ihr zu erlauben, über die umgestürzten Bäume zu springen, die ihren Weg kreuzten.

Ein Jaulen ertönte zu ihrer Linken. Ein erschütterndes Geräusch hallte zu ihrer Rechten wider. Verdammt. Verdammt. Die Jäger hatten sie flankiert.

Vielleicht könnte sie sich aus der sich zuziehenden Schlinge befreien, wenn sie ihre Verfolger überraschte und in eine Richtung ausbrach.

Sie scherte in Richtung Nordosten aus und fragte sich, ob sie es vielleicht schaffen könnte, den Jägern zu entkommen.

Einatmen. Ausatmen. Heißer Atem vernebelte die Luft. Ihr erschöpftes Keuchen übertönte das Knistern des Blattwerks und des Laubs auf dem Boden. All die kleinen Kreaturen schliefen oder versteckten sich. Sie waren nicht so dumm, während dieser Jagd aus ihren Höhlen zu kommen.

Ohne Vorwarnung prallte ein gewaltiges Gewicht in sie. Sie ging zu Boden und sämtliche Luft wurde ihr aus der Lunge geschlagen, wodurch ihr nicht einmal genug Atem blieb, um aufzuschreien. Von einer zottigen Gestalt auf den Boden gedrückt, schlug sie um sich und versuchte eine Möglichkeit zu finden, den Angreifer von sich zu stoßen. Sie streckte den Kopf und schnappte mit dem Maul nach dem, der sie festhielt.

Aber sie war der brutalen Stärke der Bestie, die sie festhielt, nicht gewachsen. Es war ein Wolf, den sie gut kannte. Zu gut, zu ihrem Entsetzen. Es war ihr Gefährte.

Mein Kerkermeister.

Der Mann, der ihr das Leben zur Hölle machte. Sie würde nicht zu ihm zurückkehren. Das konnte sie nicht.

Wut erfüllte sie, ein Zorn geboren aus Misshandlung, der ihr Adrenalin anschürte und ihre Muskeln stärkte.

Sie kämpfte und benutzte all die hinterhältigen Tricks, die sie kannte, und einige, die sie schnell improvisierte. Ihr kleiner und trickreicher Körper schlängelte sich aus seinem Griff, doch sie konnte nicht fliehen. Ihre scharfen Zähne waren damit beschäftigt, sich in sein Fleisch zu graben. Sie verletzte ihn.

Sie. Verletzte. Ihn. Welch Hochgefühl zu wissen, dass sie sich für die Misshandlungen revanchieren konnte.

Warme Feuchtigkeit auf ihren Rippen signalisierte eine Verletzung und als sie versuchte, ihr Gewicht auf die Hinterbeine zu verlagern, durchfuhr sie ein stechender Schmerz. Doch sie gab nicht auf. Sie fand einen Energieschub, als sie bemerkte, dass ihr Gefährte müde wurde. Er war zwar groß und stark, doch hatte nicht die Ausdauer, um seinen Angriff aufrechtzuerhalten.

Aber natürlich arbeitete der Rudelführer nicht alleine.

Gerade als sie sich von ihm befreite und ihn keuchend und knurrend und mit einer blutenden Kopfwunde zurückließ, trafen seine Vollstrecker ein. Sie musste das böse Funkeln in ihren Augen nicht sehen, oder ihr gemeines Knurren hören, um zu wissen, dass sie in Schwierigkeiten war. Sie kannte diese Wölfe. Kannte sie auch als Menschen. Und was sie über sie wusste, war nicht gut.

Ihre Namen waren egal. Was nicht egal war, waren ihre Absichten. Die Absicht, ihr wehzutun.

Ihnen war egal, dass sie kleiner und eine Frau war. Sie rissen ihren müden Körper zu Boden und bissen sie. Ihre Zähne drangen aber nicht tief genug ein, um sie zu töten oder ihr permanenten Schaden zuzufügen, nur tief genug, um sie zu verletzen. Sie bluten zu lassen.

Unnachgiebig. Grausam. Die Tortur ließ sie nach Luft ringen, aber diese Bestien hörten nicht auf. Und ihr Gefährte? Er hatte sich verwandelt und beobachtete sie mit triumphierenden Augen.

Er bemerkte, dass sie ihn beäugte. Sein verschmitztes Grinsen wurde breiter. „Hast du schon genug? Sag deiner Hündin, sie soll verschwinden. Ich will mit meiner *Frau* sprechen."

Ihre Wölfin wollte diesen Befehl verweigern. Aber sie hatte verloren. Mehr als verloren, sie hatte ihnen so viel Schaden zugefügt.

Die Frau in der Wölfin kämpfte sich an die Oberfläche. Fell verschwand und blutverschmierte Haut tauchte auf. Die Vollstrecker ihres Gefährten wichen zurück und erlaubten ihr, sich zu verwandeln.

Arabella lag nackt, verletzt und keuchend auf dem Boden und starrte auf die Zehen ihres Ehemanns. Tränen brannten in ihren Augen. „Ich wollte nicht weglaufen. Bitte. Es tut mir leid. Ich werde es nie wieder tun." Die Worte erwürgten sie fast und beschämten ihre Wölfin.

Aber die Worte halfen nichts.

„Du hast recht. Du wirst das nie wieder tun, denn dieses Mal werde ich dir eine Lektion erteilen, die du nicht vergisst. Jungs. Ihr wisst, was zu tun ist."

Das wussten sie in der Tat.

Arabella rollte sich zu einem Ball zusammen und versuchte, ihren Geist gegen die Misshandlung abzuschotten. Ihre Wölfin jammerte, entfesselt zu werden, doch Arabella ließ sie nicht frei, weil sie ihr inneres Tier beschützen wollte. Die Wölfin versuchte, Arabellas Flehen um Gnade nicht zu hören. Sie winselte, als sie die schrillen

Schreie und die Verzweiflung hörte. Nichts konnte den Schmerz lindern, den Schmerz, der auf sie hereinprasselte, weil sie sich entschlossen hatte, davonzulaufen. *Ich habe das getan. Ich habe uns das angetan.*

Arabellas Wölfin kauerte sich in eine Ecke von Arabellas Geist. Sie verbarg ihr Gesicht im Fell ihres Schwanzes. Sie versteckte sich, weil sie wusste, dass ihr Trotz hierzu geführt hatte.

Stopp. Bitte hört auf. Nicht. Bitte.

Die Erinnerungen an die Schläge verblassten und wurden durch das beruhigende Streicheln einer sanften Hand und leise Worte ersetzt. „Wach auf, Baby. Du hast einen Alptraum."

Arabellas Wimmern verstummte. Ihr Körper zitterte immer noch bei der Erinnerung und ihre Haut war klamm und kalt. Sie wollte, dass Hayder wegging. Sie wollte nicht, dass er sie so sah. Sie wollte nicht, dass irgendjemand sie so sah.

Vielleicht würde er sie mit ihren beschämenden Erinnerungen an ihr Versagen alleine lassen, wenn sie einfach stillhielt.

Als würde Hayder so etwas tun. Stattdessen zog er die Decke zurück und krabbelte zu ihr ins Bett.

Nackt!

So viel dazu, sich schlafend zu stellen. „Was machst du?", quietschte sie und zuckte zurück, als seine heiße Haut die ihre berührte. Da sie keinen Besuch erwartet hatte, war sie in T-Shirt und Höschen zu Bett gegangen, angemessene Bekleidung für die Nacht, wäre ihr Oberteil während des Alptraums nicht nach oben gerutscht und hätte ein sehr nackter Mann es nicht gewagt, in ihre Privatsphäre einzudringen.

„Ich kuschle mich an dich", verkündete er und ließ sie

nicht entkommen. Sein Arm schlängelte sich um sie und zog sie wieder an seinen glühend heißen Körper.

So sehr es ihr auch gefiel, sie wusste nicht, ob sie das erlauben konnte. „Wo sind deine Klamotten?"

„Im anderen Zimmer."

„Aber warum?", haspelte sie.

„Ach komm schon, Baby. Weil ich nicht in ihnen schlafen kann."

„Du hast im anderen Zimmer geschlafen?" Wo? Die Couch war definitiv nicht groß genug für seinen kräftigen Körper.

„Äh ja. Wie soll ich dich sonst beschützen?"

Natürlich war er nur aus Pflichtbewusstsein geblieben, doch das erklärte nicht seine Anwesenheit in ihrem Schlafzimmer. „Wie bist du hier reingekommen? Ich weiß, dass ich die Schlafzimmertür abgesperrt habe."

„Ja, weil wir gerade davon sprechen, ich kann nicht glauben, dass du mich ausgesperrt hast!" Er wirkte mehr als nur ein wenig verärgert.

Der kaputte Türknauf zeigte ihr, dass er nicht wirklich ein Hindernis gewesen war. „Das hat dich offensichtlich nicht aufgehalten."

„Nur weil ich gehört habe, dass du geweint hast. Schlecht geträumt?"

Untertreibung. „So könnte man es nennen."

„Kommt das oft vor?"

„Erst seit ich geflohen bin." Offensichtlich führte ihre Angst davor, wieder gefangen zu werden, dazu, ihren letzten fehlgeschlagenen Fluchtversuch wieder und wieder zu durchleben.

„Armes Baby." Er schnurrte, als er mit seinem Kinn gegen ihr Haar rieb.

Zu Arabellas Überraschung nieste sie nicht. Vermutlich

wegen der dreifachen Antihistamindosis, die sie vor dem Zubettgehen genommen hatte.

„Jetzt geht es mir gut. Du kannst gehen." Bevor sie etwas Dummes anstellte, das sie bereuen würde, wie zum Beispiel sich an ihm zu reiben.

Er umarmte sie fester. „Ich gehe nirgends hin."

„Aber ..." Was sie eigentlich sagen wollte, ging verloren und wurde vergessen, als seine Lippen ihren Nacken berührten.

Ein Zittern erschütterte ihren ganzen Körper.

„Aber was, Baby?"

Das war die Frage. Sie versuchte ihre Gedanken zu fokussieren. Das hier war falsch – auch wenn es sich richtig anfühlte. „Du solltest nicht hier sein." Er sollte nicht nackt neben ihr liegen und sie dazu verführen, Dinge zu tun, von denen sie sich fernhalten sollte. Dinge, wie ihren Po näher an ihn zu wackeln, näher an seine harte Erregung, auf die ihr Geschlecht mit feuchter Hitze antwortete. Dinge, wie sich zu ihm umdrehen, damit sie ihn küssen und diese Leidenschaft von zuvor erneut spüren konnte.

Es gab so viele Dinge, die sie machen wollte. So viele Gründe, sie nicht zu tun. „Es geht mir jetzt wieder gut. Du kannst wieder auf die Couch oder den Boden, oder wo auch immer du geschlafen hast, zurückkehren." Nackt. Sie musste wirklich aufhören, sich die ganze Zeit mit diesem Gedanken zu beschäftigen.

„Nein."

„Was meinst du mit nein?" Erst verspätet merkte sie, dass sie sich nicht demütig verhielt oder ihn beschwichtigte. Sie hinterfragte und stellte Forderungen. Und weder schrie er noch schlug er sie. Stattdessen ... schnüffelte er an ihr.

„Nein, wie in ich werde jetzt nicht gehen, wahrscheinlich sogar nie. Weißt du, du bist wirklich kuschelig." Er drückte sie. „Und du riechst köstlich." Er fuhr mit seiner Nase in ihr Haar und sein warmer Atem provozierte ein Zittern, das ihren ganzen Körper erbeben ließ und zwischen ihren Beinen endete.

Sie versuchte, aus seinen Worten schlau zu werden, selbst als er versuchte, ihr mit seinen zarten Liebkosungen jegliche rationale Gedanken zu stehlen. Sie schaffte es zu murmeln: „Ich bin dafür nicht bereit. Für dich. Es ist zu früh. Zu viel." Hayder überwältigte sie nicht nur mit Erregung. Er schien ihr eine Zukunft zu versprechen, eine, die sie wollte, sollte sie echt sein. Er bot ihr Schutz, die Art Schutz, die den Schmerz fernhalten würde. Und er ermutigte sie, sie selbst zu sein, für sich selbst einzutreten.

Und als Teil davon, für sich selbst einzustehen, hatte sie sich entschlossen, ihn nicht diktieren zu lassen, wann und wie er in ihrem Bett und mit ihr schlafen würde – selbst wenn sein Schwanz sich als verführerisch erwies.

Sie dachte daran, eine weitere Warnung auszusprechen. Aber nein, sie hatte ihn bereits zweimal darum gebeten. Und er hatte sich geweigert, darauf zu hören. Außerdem hatte er ihr gesagt, sie sollte ihm vertrauen.

Sollte sie es wagen, ihn zu testen?

Besser jetzt als später.

Bevor sie ihre Meinung änderte, rollte sie in seine Arme. Wimpern klimperten, als sie ihm in die Augen blickte. Der schwache Schein des Nachtlichts im Badezimmer ließ sie seinen Gesichtsausdruck sehen – ein Nachtlicht, da sie die Dunkelheit nicht ertragen konnte.

Sie ließ ihre Hände auf seiner leicht pelzigen Brust ruhen. Ihre Atmung stockte, als sie das elektrisierende Gefühl seines festen Fleisches unter ihren Fingerspitzen spürte.

Vielleicht bin ich voreilig. Vielleicht ist es doch keine so schlechte Sache, ihn in meinem Bett zu haben?

Seine Lippen kamen näher, als er flüsterte: „Oh, Baby. Ich wusste, dass du nachgeben würdest."

Tat er das? Das bekräftigte ihren Entschluss. Sie murmelte: „Ich sagte nein."

Und dann gab sie ihm einen Schubs.

Kapitel 9

SIE HAT MICH AUS DEM BETT GESCHUBST!

Die Erkenntnis schmerzte genauso sehr wie der Boden. Seine katzenhafte Anmut ließ ihn im Stich. Doch anstatt seinen Kopf beschämt hängen zu lassen, kugelte sich sein Löwe vor Schadenfreude und wackelte mit seinem pelzigen Schwanz.

Nicht lustig.

Doch. Er hatte das Gefühl, das diese bestimmtere Seite von Arabella seine Schuld war. Seit dem Augenblick, als sie sich kennengelernt hatten, hatte er sie ermutigt, sich nichts gefallen zu lassen, und offensichtlich hatte sie sich entschieden, bei ihm damit anzufangen.

Verdammt. Als er ihr gesagt hatte, sich von der Welt nicht unterbuttern zu lassen, hätte er eine Ausnahme spezifizieren sollen. *Ich bin ihr Gefährte. Gibt es denn keine Regel, die besagt, dass sie mich nicht aus dem Bett werfen darf?*

Aber anscheinend musste sie noch realisieren, was er bereits hatte. War es erst einen Tag her, seit sein Leben sich so verändert hatte?

Wenn es in dieser Geschwindigkeit weiterging, würde er bis Mittag bereits das Porzellan aussuchen.

Völlig entmannt von einer Frau, die nichts mit ihm zu tun haben wollte.

Er rollte sich auf die Knie, setzte sich auf und legte sein Kinn auf die Matratze. Arabella sah ihn mit besorgten Augen an und atmete flach, während sie auf seine Reaktion wartete.

Vermutlich erwartete sie, dass er explodieren würde. Aber das würde sie noch lernen. Hayder würde ihr nie etwas antun, doch er würde seine berüchtigten Kätzchen-Augen gegen sie verwenden.

Er starrte sie an. *Du weißt, du willst mich. Du weißt, du willst mich. Komm schon, Baby. Schmelze. Schmelze für deinen Löwen.*

Sie starrte zurück.

Hmm, das lief nicht wie geplant.

Er zog die linke Seite seiner Lippen zu einem Grinsen hoch und zeigte ihr sein berüchtigtes Grübchen.

„Ich weiß, was du machst."

„Was?"

„Du versuchst mich zu manipulieren, damit ich dich wieder ins Bett lasse."

„Funktioniert es?"

Einen Augenblick lang veränderte sich ihr Gesichtsausdruck, ein schneller Hauch von Emotionen, als sie nach einer Antwort suchte. „Ja, es funktioniert. Aber ich wünschte, das würde es nicht."

„Warum? Warum kämpfst du dagegen an?"

„Weil ich denke, dass ich Zeit brauche."

Es stellte sich heraus, dass es noch etwas Mächtigeres gab als sein Grübchen. Ihre Ehrlichkeit.

Er stöhnte. „Ich denke, du wurdest geschickt, um mich

umzubringen. Gut. Wenn du darauf bestehst, werde ich dich respektieren, auch wenn ich dich lieber verführen würde."

Ihre Augen weiteten sich.

„Respekt bedeutet nicht, dass ich lügen werde, Baby. Ich will dich. Sehr sogar. Aber ich werde deine Wünsche respektieren. Fürs Erste." Und ja, er sagte es unheilvoll. Sie sollte darüber nachdenken. An ihn denken. Bald würde selbst sie nicht mehr in der Lage sein, abzustreiten, dass sie füreinander bestimmt waren.

Er stand in seiner hochgewachsenen Nacktheit auf. Und ja, das brachte einen gewissen Teil seiner Anatomie auf Augenhöhe mit ihrem geschockten Blick.

Ein Ringen nach Luft und errötende Wangen unterstrichen das Knistern zwischen ihnen. Sie konnte nicht verbergen, dass das, was sie sah, sie erregte oder interessierte.

„Süße Träume, Baby." Er zwinkerte und drehte sich dann um, wobei der dem Drang widerstand, sie dabei zu ertappen, wie sie ihm auf den Hintern starrte. Er wusste, dass sie das tat. Er konnte die verrückte Hitze spüren, als sie ihm auf dem Weg durch den Raum hinterherblickte.

Geh zurück. Ich will kuscheln.

Sein Löwe konnte nicht verstehen, warum sie nun wieder im Wohnzimmer mit der unbequemen Couch waren, auf der er sich nicht ausstrecken konnte. Warum konnten sie sich nicht in das schöne warme Bett zu seiner schönen warmen Gefährtin kuscheln?

Respekt, mein pelziger Freund.

Aber ein Löwe konnte mit Respekt nichts anfangen. Seine Weltanschauung war einfacher. Unser. Bett. Hungrig. Nicht hungrig nach Steak, sondern eher nach süßem, cremigem Honig.

Hayder stöhnte. Es war unnötig, ihn daran zu erinnern,

was er verpasste. Er wusste es. Er hasste es, doch er musste ihre Wünsche den seinen voranstellen. Argh.

Wie zum Teufel sollte er jetzt wieder einschlafen können? Als er mit den Beinen über der Armlehne auf der Couch lag und sein Schwanz zuckte, konnte er nicht anders, als sich zu wünschen, dass er weniger hohe Moralvorstellungen hätte.

Die Zeit tickte dahin und er konnte nicht schlafen. Er lauschte nach Anzeichen dafür, dass Arabella ihn brauchte. Der Alptraum kehrte nicht zurück und ihr Schlaf erwies sich dieses Mal als viel sanfter. Zuvor hatte er selbst durch die geschlossene Tür hören können, wie sie sich rastlos im Bett gewälzt hatte.

Als ihr unruhiger Schlaf zu Wimmern und Weinen und unzusammenhängenden Worten geworden war, hatte er nicht anders gekonnt.

Er hatte die Tür eingetreten und war zu ihr gegangen.

Was suchte sie in ihren Träumen heim? Was jagte ihr so großen Schrecken ein? Was auch immer es war, er wollte es töten, um diese schrecklichen Alpträume ein für alle Mal zu vernichten.

Um etwa sechs Uhr morgens gab er es auf, wieder einschlafen zu wollen. Er rief Leo an, dessen erste Antwort statt eines Guten Morgens oder eines Hallos war: „Bist du immer noch nicht im Bett?"

„Eigentlich stehe ich gerade auf."

Das ließ Leo einen Augenblick lange verstummen. „Bist du krank?"

„Nein."

„Du weißt, dass es noch nicht einmal Mittag ist, oder?"

„Ich weiß, wie spät es ist", biss Hayder gereizt heraus. „Hör auf, mich zu nerven, und bringe mir ein paar Klamotten."

„Warum sollte ich das tun? Wo bist du? Warte, sag mir nicht, dass du letzte Nacht bei dem Mädchen geblieben bist."

„Sie ist mein. Wo sollte ich sonst sein?"

„Alter, du hast sie gestern erst kennengelernt."

„Ja, und?"

„Du. Hast. Sie. Erst. Gestern. Kennengelernt." Leo betonte jedes Wort.

„Ich. Weiß", spottete Hayder. „Warum hängen sich alle an der Zeit auf? Sie sagt das auch ständig. Wen interessiert das? Sie ist die Eine."

„Das ist meine Schuld", murmelte Leo.

„Wie kommst du darauf? Bist du der Herr über das Schicksal und entscheidest, wer zusammengehört?"

„Nein, aber ich habe vielleicht einmal zu oft versucht, dir Verstand einzubläuen."

„Oh, ein Komiker. Aber das ist kein Witz. Arabella ist mein und das ist Fakt. Würdest du mir jetzt bitte etwas zum Anziehen bringen?"

„Was ist mit Jeoff?"

„Was soll mit Jeoff sein?"

„Denkst du nicht, dass ihr Bruder vielleicht ein Problem damit hat, dass du etwas mit seiner Schwester anfängst, die, wie man hört, zurzeit ziemlich verletzlich ist?"

„Hey, willst du damit andeuten, dass Arabella leicht zu haben ist? Ich will, dass du weißt, dass sie mich zurückgewiesen hat. Würdest du glauben, dass sie mich aus dem Bett geschubst hat? Mir gesagt hat, ich soll gehen?" Er war immer noch fassungslos.

Man musste kein übernatürliches Gehör haben, um zu vernehmen, wie Leo schadenfroh lachte. „Ha. In diesem Fall ist sie vielleicht doch die Eine. Du brauchst eine Frau, die hin und wieder nein sagen kann."

„Du bist kein netter Omega, Leo."

„Nett ist für Weicheier. Bist du jetzt fertig mit jammern oder soll ich vorbeikommen und dir einen echten Grund zum Weinen geben?"

Hayder rieb sich am Kinn. „Nicht nötig."

„Bist du sicher? Du weißt, dass ich immer bereit bin, einem Freund in Nöten zu helfen."

„Gerade brauche ich nur ein paar Klamotten."

„Gib mir ein paar Minuten, um aufzuwachen, dann bringe ich dir ein paar Sachen."

„Keine Eile. Ich werde erst eine Dusche nehmen."

Und vielleicht unter der Dusche masturbieren.

Ein Mann hatte schließlich auch Bedürfnisse.

Ein Bedürfnis, das nicht weniger wurde, selbst als er mit ihrem Namen auf den Lippen zum Höhepunkt kam.

Verdammt.

Hoffentlich würde sie ihn nicht zu lange warten lassen.

Kapitel 10

Wie lange wird Hayder warten, während ich einen Entschluss fasse?

Die Frage folgte ihr in den Schlaf und war noch bei ihr, als sie aufwachte. Alleine.

Sie hätte die Tatsache, dass er ihren Wunsch respektiert hatte, feiern müssen.

Was für ein Arsch.

Dieses Mal hätte sie nichts gegen etwas Verführung gehabt, und genau das wäre es gewesen, Verführung. Gegenseitiges Verlangen, das in einem Vulkan des Vergnügens ausgebrochen wäre.

Welch schöne Vorstellung.

Bis auf die Tatsache, dass es nicht passierte, da dieser Arsch ihre Wünsche respektiert hatte. Hayder war gegangen – jeder nackte und leckere Zentimeter von ihm.

Wir hätten ihn uns nehmen sollen.

Dieser verirrte Gedanke wurde nicht analysiert, da ein Geräusch ihre Aufmerksamkeit weckte. Mit pochendem Herzen rollte sie sich auf die Seite und erstarrte.

Mit offenem Mund.

Sie sabberte wahrscheinlich ein wenig, aber blinzelte definitiv nicht. Sie wagte es nicht, ihre Augen zu schließen, weil die Fata Morgana sonst verschwinden könnte.

In der Tür zu ihrem Badezimmer stand ein halb nackter Hayder. Ein schimmernder Hayder mit feuchter Haut, der nur ein Badetuch trug, das um seine Leiste gewickelt war. Leicht gebräuntes Fleisch und Muskeln überzogen jeden Zentimeter seines Körpers.

Er war der Traum jeder Frau, eine Verführung auf zwei Beinen. Ein Mann, der jede haben könnte, die er wollte, und doch schien es so, als würde er nur sie wollen. Der Beweis dafür lag direkt unter diesem beeindruckenden Zelt an der Vorderseite des Badetuchs.

„Guten Morgen, Baby." Er schnurrte die Worte praktisch, als er näher kam.

Sie konnte nicht schlucken, geschweige denn sprechen.

Er ging in die Hocke, sodass sie auf Augenhöhe waren. „Hat es dir die Sprache verschlagen?" Seine Augen versprühten Heiterkeit. „Ich wollte dir eigentlich mit etwas anderem den Atem rauben. Bist du hungrig?"

Ja. Sehr hungrig. Sie würde so gerne an seinen köstlichen Lippen knabbern. Würde so gerne an seiner Zunge saugen. Oder vielleicht auch an etwas Bedeutenderem.

„Baby, wenn du mich so ansiehst ..." Hayder blies seinen Atem hinaus. „Verdammt, du hast mich ganz aus der Ruhe gebracht. Ich denke nicht, dass du deine Meinung geändert hast, oder? Es ist immer noch früh. Rutsch etwas rüber und ich komme zu dir ins Bett. Dann kann ich dir angemessen einen guten Morgen wünschen."

Sie öffnete den Mund. Warum zögerte sie? Wovor hatte sie Angst? Sie wusste bereits, dass sie durch seine Berührung Vergnügen empfinden würde. Wie könnte ein Moment der Hingabe schaden?

„J–"

Poch. Poch. Poch. „Arabella, ich bin es. Mach auf."

Vergessen war, was sie fast gesagt hätte. Die Ankunft ihres Bruders verpasste ihr eine kalte Dusche.

„Willst du mich verarschen? Ich war so kurz davor?", murmelte Hayder, als er aufstand und das Schlafzimmer verließ, um ihren Bruder hereinzulassen – immer noch nur mit einem kleinen Badetuch bekleidet.

Arabella stand auf, aber sie war nicht schnell genug. Sie konnte gerade noch hören: „Du dreckiger verdammter Kater. Wie kannst du es wagen, meine Schwester zu verführen!"

Platsch.

Umpf.

Rawr.

Grrr.

Sie lehnte sich gegen den Türstock und sah zu, wie Hayder, der sein Badetuch verloren hatte, und ihr Bruder, der sehr finster dreinblickte, auf dem Boden in einer Wolke aus fliegenden Fäusten und tretenden Beinen herumrollten.

Eine plötzliche Bewegung zog ihre Aufmerksamkeit auf die Eingangstür. Eine zerzauste Blondine steckte ihren Kopf herein. „Alles okay?"

„Ich denke ja."

Bernsteinfarbene Augen folgten dem Pfad der Zerstörung der Streithälse. „Männer. Man kann sie einfach nicht abrichten, sich im Haus anständig zu benehmen und nicht auf die Möbel zu pinkeln."

Arabellas Mund formte sich zu einem überraschten O. Sicherlich hatte sie sich verhört. „Pinkeln?"

„Eigentlich hat das nur mein Exfreund gemacht. Er ist der Grund, warum ich umgezogen bin. Der Penner ließ sich immer volllaufen, brach dann über die Feuertreppe ein und pinkelte auf mein Zeug. Ich wurde sauer. Er entschuldigte sich. Wir hatten wilden Sex und ich warf ihn raus und sagte ihm, er sollte nie wieder mit mir reden."

Sie konnte die Logik dahinter nicht verstehen. „Du hattest Sex mit einem Kerl, der auf deine Couch gepinkelt hat?"

„Weniger Couch, eher Küchenstuhl, also nichts, was man nicht abwischen konnte. Und das Schlimmste ist, dass der Bastard immer wartete, bis ich aufwachte. Ich ging noch völlig verschlafen in die Küche und erwischte ihn immer dabei, wie er meine selbstgebackenen Kekse mampfte." Die verrückte Blondine zog in einem Aha-Moment die Augenbrauen hoch. „Moment. Ich frage mich, ob das der Grund war, warum er so oft betrunken war?"

Sie hatte es gerade herausgefunden. „Er war auf Sex ohne weitere Verpflichtungen aus."

„Ich dachte eigentlich an die Kekse, aber ich denke, deine Erklärung ist plausibler."

Nicht so wie diese Unterhaltung. Arabella fragte sich, ob sie irgendwie in eine andere Dimension gereist war. Wo sonst würde man in T-Shirt und Unterhose über pinkelnde Exfreunde reden, während Hayder und Jeoff sich schlugen? Wobei das wohl weniger eine Schlägerei und eher ein Ringen war, als sie langsam müde wurden.

„Ich bin übrigens Luna", sagte die Blondine an der Tür mit einem Winken und einem breiten Lächeln.

„Und ich bin Arabella."

„Ich weiß, wer du bist. Das weiß jeder. Das ganze Hochhaus redet über dich und darüber, warum du hier bist."

„Ich bin hier, weil ich von meinem alten Rudel bedroht werde. Aber sie sind mir anscheinend hierher gefolgt. Und das tut mir leid." Die Leute, die Arabella bis jetzt kennengelernt hatte, schienen ziemlich nett zu sein, und sie hasste es, dass sie ihnen Gefahr brachte und Unannehmlichkeiten bescherte.

Luna runzelte ihre sommersprossige Nase. „Wofür entschuldigst du dich? Wir freuen uns schon so auf die Gelegenheit, ein paar Wölfen den Hintern aufzureißen. Ich meinte eher die andere Sache, über die man hier spricht."

„Welche andere Sache?"

Luna verdrehte die Augen. „Du weißt schon. *Die Sache.* Du. Er." Luna machte ein quiekendes Geräusch, als sie einen Finger durch einen Ring steckte, den sie mit ihrer anderen Hand geformt hatte.

Arabellas Augen weiteten sich. Was wollte sie damit andeuten …? „Oh nein. Wir haben nicht – Ich meine, wir – Er ist nur hier, um mich zu beschützen."

„Dich vor was zu beschützen, der Klamottenpolizei?" Luna warf einen vielsagenden Blick auf Hayder, der gerade obenauf war und allen seinen blanken Hintern entgegenstreckte.

Grrrr.

Arabella bemerkte nicht einmal, dass sie sich vor Luna gestellt und ihr so die Sicht versperrt hatte, bis das andere Mädchen kicherte. „Ernsthaft? Niemand wird irgendetwas gegen die Tatsache sagen, dass du mit dem Beta des Rudels *Tango* tanzt. Wenn wir nicht verwandt wären, würde ich mich vielleicht selbst an ihn ranschmeißen."

„Wir haben nichts miteinander." Nur weil sie unterbrochen wurden.

„Du meinst, ihr habt keinen Sex?"

Arabella schüttelte den Kopf.

„Warum nicht?"

„Weil ich nicht bereit dazu bin."

„Oh. Verstehe. Er ist einer dieser egoistischen Typen.

Ich war mit ein paar davon zusammen. Es geht nur um *sie*. Ihre Vorstellung von Vorspiel ist es, ihn in einer Seitengasse in dich zu stecken, ohne dich vorher wenigstens zu lecken. Verstehen die nicht, dass ein Mädchen erst etwas Zungenspiel braucht?"

„Ähm, ich habe nicht von Vorspiel gesprochen." Nur das Wort auszusprechen, ließ sie erröten. „Ich meinte, dass ich emotional noch nicht bereit bin."

Luna wirkte enttäuscht.

Jeoff hingegen war begeistert. Er hört auf, auf Hayders Kopf einzuschlagen, und sagte: „Du meinst, dass dieser Kater dich nicht verführt hat?"

Arabella schüttelte wieder den Kopf.

Und alles wäre in Ordnung gewesen, wenn Hayder nicht gesagt hätte: „Noch nicht."

Der erneute Kampf hätte noch eine Weile gedauert, wenn nicht ein Berg von einem Mann ohne zu klopfen hereingekommen wäre, sich die Situation angesehen und sie beendet hätte.

Jeoffs und Hayders Köpfe aneinanderzuschlagen war zwar nicht die netteste Art, einen Kampf zu beenden, aber definitiv eine sehr effektive.

„Genug", knurrte der große Mann.

Sowohl Hayder als auch ihr Bruder rieben ihre schmerzenden Dickschädel und fügten sich.

Der Riese warf Hayder ein Bündel zu, das dieser mit einer Hand auffing.

„Du. Zieh dir etwas an, bevor du Jeoff wieder verärgerst."

„Und dann verschwinde", fügte Jeoff hinzu. „Ich will nicht, dass du in die Nähe meiner Schwester kommst."

„Du kannst mich nicht zwingen, mich von ihr fernzuhalten", stichelte Hayder.

„Aber ich kann dafür sorgen, dass ihr beide nicht reden könnt", drohte der große Kerl.

„Spielverderber", murmelte Hayder leise, als er seine Klamotten nahm und ging.

Luna ging ebenfalls mit einem freudigen: „Danke für die morgendliche Unterhaltung. Das war ein besserer Muntermacher als eine Tasse Espresso."

Dann waren es nur noch Arabella, ihr Bruder und der wirklich, wirklich große Mann, der sich gerade zu ihr gedreht hatte.

Angesichts seiner Drohungen und der gewalttätigen Lösung hätte Arabella zittern sollen. Oder zumindest auf ihre Zehen starren, um sich nicht seinen Zorn zuzuziehen. Aber überaus sanfte Augen blickten sie an und er wandte sich mit leiser und beruhigender Stimme an sie.

„Du musst Arabella sein. Ich bin Leo, der Omega des Rudels."

„Eher der Vollstrecker", murmelte Jeoff, der sich immer noch den Kopf rieb.

„Wenn du dich benimmst, dann muss ich nicht auf solche Methoden zurückgreifen."

„Er hat angefangen", klagte Jeoff an und zeigte mit dem Finger auf Hayder, der mit tief sitzenden Jeans, die sich an seine muskulösen Oberschenkel schmiegten, und einem leichten T-Shirt, das an seiner Brust klebte, aus dem Badezimmer kam.

„Hey, es ist nicht meine Schuld, dass du zu diesem falschen Schluss gekommen bist, als ich die Tür geöffnet habe."

„Was sollte ich denn sonst denken? Du bist in der Wohnung meiner Schwester und hast nur einen Lappen getragen."

„Dass ich sie beschütze."

„Genauso, wie du sie gestern Abend beschützt hast, als du sie nach draußen gebracht und zur Schau gestellt hast?"

„Ich habe sie zum Essen ausgeführt."

„Was zum Teufel meinst du damit, dass du sie zum Essen ausgeführt hast? Du hast meine kleine Schwester in Gefahr gebracht."

„Sie war nicht in Gefahr."

„Sie haben sie auf offener Straße entführt!"

„Und ich habe sie zurückgebracht."

Die Männer blickten einander finster an und standen sich mit angespannten Muskeln gegenüber.

Leo, der sich auf einen Hocker an der Kücheninsel gesetzt hatte, räusperte sich. „Bringt mich nicht dazu, aufstehen zu müssen." Die Anspannung blieb, aber die unmittelbare Gefahr ging zurück. Scheinbar zufrieden drehte Leo sich zu ihr. „Kaffee?" Er deutete mit einer Tasse frischen Kaffees, den er gerade in der Kaffeemaschine auf dem Tresen aufgebrüht hatte, auf Arabella.

Mit einem besorgten Blick zu Hayder und ihrem Bruder ging sie auf ihn zu, doch verbrühte sich fast, als Hayder bellte: „Baby, wo ist deine Hose?"

Oh ja. Sie blickte auf ihre nackten Beine hinab. Sie musste Leo zugutehalten, dass er das nicht tat, sondern sie anlächelte. „Wie wäre es, wenn ich Zucker und Milch hinzufüge, während du dir eine Hose suchst? Du siehst aus, als könntest du etwas Süßes brauchen."

Sie konnte nicht anders, als sein Lächeln zu erwidern. „Ja, bitte."

Die anderen beiden Männer immer noch ignorierend, ging sie an ihnen vorbei ins Schlafzimmer, wo sie in einer Schublade nach einer Hose suchte. Während sie sich anzog, lauschte sie dem Streit.

„Sie kommt mit mir." Ihr Bruder hatte nicht nachgegeben.

Doch das tat Hayder ebenfalls nicht. „Falsch. Arabella geht nirgends hin."

Autsch. Sie wusste, dass das ihrem Bruder nicht gefallen würde. Sie hatte recht.

„Entschuldigung? Da hast du kein Mitspracherecht. Sie ist meine Schwester und unterliegt meiner Verantwortung. Ich nehme sie mit."

Arabella trat wieder ins Wohnzimmer hinaus. „Was ist mit der Gefahr, Jeoff? Das Rudel ist in der Stadt und sucht nach mir."

„Wir finden schon eine Lösung."

„Die haben wir bereits. Sie bleibt hier bei mir, wo sie sicher ist." Hayder verschränkte die Arme vor seiner beeindruckenden Brust und sah viel zu entschlossen aus – und viel zu sexy.

Ein gewisser Bruder war jedoch nicht beeindruckt. „So sicher wie gestern Abend?"

Hayder verdrehte die Augen. „Oh bitte. Welchen Teil von *Wir hatten die Situation unter Kontrolle* verstehst du nicht? Leo, sag dem Wolf, dass Arabella nie wirklich in Gefahr war."

„Ich belüge meine Freunde nicht", sagte Leo, als er Arabella ihren Kaffee zurückgab. Sie nahm einen Schluck des heißen Gebräus und seufzte, als sie der Diskussion lauschte. Als Leo auf den Stuhl neben sich klopfte, hüpfte sie darauf.

Für so einen großen Mann hatte er eine seltsam beruhigende Wirkung. Zumindest auf sie. Hayder und Jeoff andererseits konnten ihren Streit jedoch nicht beilegen.

„Ich habe einen Fehler gemacht, als ich sie hierhergebracht habe. Ihr könnt meine Bitte vergessen."

„Zu spät. Sie ist jetzt Teil des Löwenrudels."

„Sie ist eine Wölfin, oder hast du das vergessen? Sie gehört zu ihrer eigenen Art." Jeoff zeigte mit dem Finger auf sie und neigte den Kopf Richtung Tür. Arabella bewegte sich nicht, weil Hayders nächste Worte sie erstarren ließen.

„Sie gehört zu mir. Arabella ist meine Gefährtin."

Kapitel 11

Das war ein guter Punkt, um eine Unterhaltung auszubremsen. Die Worte *meine Gefährtin* hingen in der Luft und es dauerte einen Augenblick, bis Jeoff und Arabella explodierten.

„Verdammt, nein!", schrie der Wolf.

„Nein, bin ich nicht", fügte Arabella hinzu.

„Ich denke, ich bin gerade rechtzeitig gekommen", verkündete Leo eine Sekunde, bevor er den ausholenden Jeoff packte. Leo wuchtete Arabellas Bruder auf die Couch. „Ruhig, oder ich setze mich auf dich."

Da Jeoff – meistens – ein weiser Mann war, rührte er sich nicht.

„Ja, halt besser den Mund", spottete Hayder.

„Zwing mich nicht, dir wieder den Mund zuzukleben." Man konnte darauf vertrauen, dass Leo Hayder den Wind aus den Segeln nehmen würde.

Nur wenige Leute stritten mit dem gewaltigen Kerl. Und niemand befahl ihm je zu verschwinden, selbst wenn Hayder sich wünschte, dass sowohl Leo als auch Jeoff gehen würden, sodass er wieder an dem interessanten Augenblick, den er mit Arabella gehabt hatte, bevor die Hölle losgebrochen war, anknüpfen könnte.

Leider war dieser sinnliche Moment verflogen, wenn man nach Arabellas verhaltenem Gesichtsausdruck ging. Er würde einen anderen Weg finden, um ihn wieder zu entzünden.

Aber zuerst musste er Jeoff überzeugen, sie bleiben zu lassen, und Leo, zu verschwinden.

Armes Baby. Wie überwältigend es für sie sein musste. Wie verstörend. Und zum Teil war es seine Schuld.

Scheiße.

Die anderen ignorierend, fiel Hayder vor ihr auf die Knie. „Es tut mir leid, Baby. Bitte sei nicht sauer. Ich verspreche dir, mich zu benehmen. Schließlich ist es normal, dass dein Bruder dich beschützen will, und ich hätte ihn deshalb nicht verprügeln sollen."

„Ich denke, dass es andersrum war, Kater", murmelte Jeoff.

„Schhhh!", sagte Leo in einem lauten Flüstern. „Er entschuldigt sich. Ruinier es nicht."

Arabellas Blick wanderte kurz zu Hayder. „Es ist okay."

„Nein, offensichtlich ist das nicht so. Ich kann sehen, dass du beunruhigt bist. Du weißt, dass ich das nicht wollte. Ich wollte dich nicht verärgern."

„Ich bin nicht wegen des Kampfes verärgert." Ihre Lippen zogen sich zu einem kleinen Lächeln nach oben. „Jungs bleiben einfach Jungs, sagte meine Mutter immer. Es tut mir leid, dass ich so viel Ärger verursache. Jeoff hat recht. Ich sollte nicht hier sein."

„Ha. Habe ich dir doch gesagt." Jeoff badete sich in seinem Triumph.

„Und ich sollte auch nicht bei seinem Rudel sein. Bei der Gefahr, die über mir schwebt, sollte ich aus dem Land fliehen und euch von meinen Problemen fernhalten."

Fliehen? Er wollte nein sagen, doch sein Löwe sprach zuerst. Oder brüllte eher.

Und ihre Antwort? Niesen. Ein paarmal hintereinander sogar.

„Was ist los?", fragte Jeoff seine Schwester.

„Blöde Allergie", knurrte sie.

Jeoff kicherte. „Hast du die immer noch? Das ist zum Totlachen. Und trotzdem denkt der Kater, dass du seine wahre Gefährtin bist?"

„Sie ist mein, und ein leichtes Niesen wird das nicht ändern."

„Ist er total verrückt?", murmelte Jeoff.

„Absolut, aber die Ärzte sagen, dass er für sich oder das Rudel keine Gefahr darstellt. Ich würde ihn allerdings nicht reizen. Und angesichts der Tatsache, dass diese beiden über die Zukunft reden, eine Zukunft, bei der wir kein Mitspracherecht haben, sollten wir sie das alleine regeln lassen", schlug Leo höflich vor.

„Aber –"

Jeoff bekam keine Chance, diesen Gedanken zu vollenden, denn Leo hatte gesprochen. Und wenn Leo sprach, handelte er.

„Kein Aber. Du. Komm." Leo packte Arabellas Bruder, warf ihn über seine Schulter und brachte ihn hinaus, während er Hayder zuwarf: „Vermassle es nicht mit dem Mädchen. Ich würde ungern zurückkommen müssen, um dir eine Lektion zu erteilen."

Man musste Leo lieben – und fürchten, wenn er sich entschied irgendwo zu bleiben, oder sich selbst einzuladen.

Aber wenn man vorher wusste, dass er kam, dann sollte man besser einen vollen Kühlschrank haben.

Niemand wollte gerne herausfinden, was passierte, wenn ein gewaltiger Liger – ein seltener Löwe-Tiger-Hybrid – hungrig wurde. Es gab Gerüchte über ihn aus seiner Zeit in der Army. Gerüchte, die Leo weder abstreiten noch bestätigen wollte.

Der Bastard hatte einen überaus mysteriösen Ruf. Und ja, Hayder war eifersüchtig.

Jetzt, wo die Privatsphäre wieder gewährleistet war, drehte sich Hayder wieder zu Arabella und sah, dass sie wieder auf ihre Zehen starrte.

Das ärgerte ihn. „Hör damit auf."

„Womit?"

„Hör auf, wie ein geschlagener Welpe zu schauen. Du bist stark. Heb den Kopf und sei stolz."

Sie hob den Kopf und warf ihm einen flüchtigen Blick zu. „Würdest du bitte aufhören, mir zu sagen, was ich tun und denken soll?"

„Nein. Nicht bis du mir sagst, dass ich dich mal kann."

„Du kannst mich mal."

„Lauter."

„Arrrrghhh!" Sie schrie, als sie sich auf ihn warf und sie beide zu Boden gingen. Das Resultat war, dass er flach auf dem Rücken lag und sie auf ihm saß. Genial.

„So gefällt mir das."

Sie schlug auf seine Brust, nicht fest genug, um ihm wehzutun, aber fest genug, um ihre Wut zu zeigen. Das war besser als ihr eingeschüchterter Blick. „Mit dir kann man einfach nicht vernünftig reden."

„Mich wirst du nie beschwichtigen müssen. Sag, was du denkst. Wir sind vielleicht nicht immer einer Meinung, aber ich will deine immer hören."

„Meiner Meinung nach nimmst du dich viel zu wichtig."

„Das tue ich, aber wenn du mich lässt, könnte ich dich gleich hier nehmen."

Die Aussage ließ ihre Wangen erröten. Ihr Geruch veränderte sich ebenfalls und machte es ihm unmöglich, den Duft ihrer Erregung zu ignorieren.

Doch anstatt ihrem Verlangen nachzugeben – trauriges Miau –, kletterte sie von ihm herunter.

Dann hielt sie so gut sie konnte Abstand, während sie sich Frühstück machte – das er nur einmal zu stehlen versuchte. Sie schaffte es fast, ihn mit ihrer Gabel zu erstechen. Danach ließ er ihren Bacon in weiser Voraussicht in Ruhe.

Genauso wie er sie in Ruhe ließ, als sie duschen ging.

Noch lauteres trauriges Miau.

Es war die reine Qual, im Wohnzimmer zu sitzen, zu hören, wie das Wasser lief, und zu wissen, dass sie nass und feucht darunterstand.

Sie war nackt. Ohne mich.

Das war genug, um einen Löwen verrückt zu machen.

Und es machte ein gewisses Raubtier hibbelig. Erfüllt von ruheloser Energie – und sexuellem Frust – entschied sich Hayder, dass es nur eine Sache gab, die er tun konnte. Sobald sie sauber – *will sie schmutzig machen* – angezogen – *will sie ausziehen* – und ihn ignorierend – *nicht lange* – aus dem Badezimmer kam, kreiste er sie in der Küche ein.

„Mach dich bereit."

Nach vorne gebeugt, um einige Teller in den Geschirrspüler zu stellen – vermutlich absichtlich, um ihn zu foltern – warf sie ihm über die Schulter einen Blick zu und fragte: „Wofür bereit machen?"

Ihn zu hinterfragen war gut. Nicht auf ihre Zehen zu starren, sogar noch besser. „Ist das wichtig?"

Die neue, mutigere Arabella kniff die Augen misstrauisch zusammen. „Natürlich ist das wichtig."

„Zu blöd. Das ist eine Überraschung. Du musst mir vertrauen. Jetzt hol dir deine Schuhe und eine Jacke für alle Fälle. Wir gehen etwas nach draußen."

Ihr Haar wirbelte in seidenen Strähnen herum, als sie den Kopf schüttelte. „Oh nein, tun wir nicht. Denk daran, was gestern passiert ist."

„Du hattest Spaß."

Die einfache Antwort verwirrte sie, aber nicht lange. „Spaß ist es nicht wert, dass du – ähm, dass Leute verletzt werden könnten."

Sie hatte sich zwar verbessert, aber er wusste, was sie eigentlich gemeint hatte. Sie machte sich Sorgen um ihn. So süß. Er wollte einfach –

Scheiß auf wollen. Er handelte.

Er packte Arabella und zog sie in eine Umarmung, dann hob er sie von den Füßen und gab ihr einen dicken, lauten Schmatzer auf die Lippen.

Sie quietschte, fast so wie ein Spielzeug, das er als Kind besessen hatte, doch in ihrem Fall wollte er es nicht aufreißen, um herauszufinden, woher das Geräusch kam. Er stellte sie vorsichtig wieder auf die Füße, auch wenn sein wahrer Impuls war, sie ins Schlafzimmer zu tragen und herauszufinden, welche anderen Töne er ihr noch entlocken könnte, wenn er ihren Körper erforschte.

Sie öffnete den Mund, doch er kam ihr mit einer schnellen Drohung zuvor: „Sprich weiter und ich küsse dich wieder."

„Wenn du mich küsst, dann gehen wir nicht aus. Also gewinne ich." Sie warf ihm die Herausforderung entgegen und verschränkte die Arme. Sie forderte ihn heraus, sie zu küssen, verlockte ihn, sie zu küssen, versuchte ihren Willen durchzusetzen.

Überaus hinreißend.

Aber gefährlich. Wenn er blieb, würde er sie verführen, und er wusste, dass das nicht war, was sie wollte, auch wenn sie sich gerade von ihrer kessen Seite zeigte. Sie brauchte Zeit und die würde er ihr geben, auch wenn es ihn fast umbringen würde.

„Baby, du hast eine fiese Seite. Das gefällt mir." Außerdem gefiel ihm die Tatsache, dass sie nicht protestieren konnte, als er sie wieder küsste, während er sie von der Wohnung zum Aufzug schleppte. Es gefiel ihm, dass sie ihre Arme um seinen Hals legte und bedrohlich genug knurrte, dass jemand, der ebenfalls in den Aufzug steigen wollte, es sich anders überlegte und auf den nächsten wartete.

Er küsste sie weiter, selbst als sie durch die Lobby wanderten, wo ihnen von allen Seiten hinterhergepfiffen wurde.

Leider musste das Küssen aufhören, als er sie auf den Beifahrersitz seines Wagens setzte. Autofahren lief am besten, wenn man beide Augen auf der Straße und mindestens eine Hand am Steuer ließ.

Die andere jedoch nahm ihren Oberschenkel in Beschlag. Und zu seinem Vergnügen schob sie sie nicht weg.

Doch sie fing wieder an zu reden. „Wohin fahren wir?"

„Das wirst du bald sehen."

„Jeoff wird es nicht gefallen, dass du mich wieder nach draußen bringst."

Als ob er sich dafür interessierte, was Jeoff dachte.

„Dich zu verstecken wird das Problem nicht beseitigen. Am besten locken wir unsere Verfolger ins Freie und kümmern uns um sie, bevor wir unachtsam werden."

„Du meinst, du weißt, dass sie vielleicht versuchen, uns zu folgen?"

Er zuckte mit den Schultern. „Das nehme ich doch an. Ich bin sicher, dass sie das Gebäude beobachten lassen, jetzt wo sie wissen, wo du bist. Und auch wenn ich gerade niemanden sehe, der uns verfolgt, bedeutete das nicht, dass sie nicht hier sind. Aber keine Sorge. Sollte es Verfolger geben, werden sie ebenfalls verfolgt. Das Löwenrudel ist auf der Pirsch."

„Bist du nicht besorgt, dass jemand verletzt werden könnte?"

„Deute besser nicht an, dass die Löwinnen nicht auf sich aufpassen können. Sie ziehen dir sonst bei lebendigem Leib die Haut ab. Buchstäblich. Sie haben eine Schwäche für die Pelze ihrer Feinde, und da es in den letzten Jahrzehnten nicht viele gab, werden sie jede Chance nutzen, an einen zu kommen."

„Du redest so, als wären die Frauen genauso stark wie die Männer und ihnen ebenbürtig."

„Das sind sie. Das Geschlecht entscheidet nicht über die Fähigkeit, sich zu verteidigen."

„Es kann einen Unterschied machen, besonders, wenn es um Größe und Stärke geht."

„Körperlich, ja. Und wenn man es mit jemandem ohne Ehre zu tun hat, hat man vielleicht einen Nachteil. Aber in den meisten Fällen reicht es aus, einfach den Mut zu zeigen, sein Recht durchsetzen zu wollen, um den Respekt zu bekommen, den man verdient. Benimm dich wie ein Fußabstreifer und die Leute trampeln auf dir herum.

Handle, als hättest du das Recht herumzustolzieren, und die Leute werden dir aus dem Weg gehen."

„Einfacher gesagt als getan."

„Niemand sagte, dass es einfach sein würde, aber wenn du Geduld hast, wird es ganz von selbst kommen. Aber genug von dieser tiefsinnigen Diskussion. Es ist Zeit für ein wenig Spaß. Wir sind da." Er bog in eine schmale gepflasterte Auffahrt, die von Nadelbäumen gesäumt war, und brachte den Wagen vor einem großen Landhaus zum Stehen.

Das Gebäude hatte viele Anbauten, die ihm ein einzigartiges Aussehen verschafften, die nichts mit der für diese Häuser üblichen weißen Schindelbauweise gemein hatten. Das Haus mit seinen roten Fensterläden und seiner roten Eingangstür war schon seit Generationen im Besitz der Löwen. Einst hatten sie darin gelebt und angebaut, als das Rudel größer wurde.

Letztendlich waren die meisten Bewohner jedoch in die Stadt gezogen, da ihre Arbeit nach einem anderen Leben verlangte. Die wenigen Zurückgebliebenen waren hier, um das Anwesen in Schuss zu halten. Die Farm diente nun Besuchern, die die frische Landluft genießen wollten, als Unterkunft und sicherer Ort, um ihre tierische Seite entfalten zu können, etwas, was in der Stadt nicht immer möglich war.

„Was ist das für ein Ort?", fragte sie, als sie aus dem Wagen stieg und sich umsah.

„Ein Ort, wo wir frei herumlaufen können, ohne Angst haben zu müssen, dass wir von neugierigen Augen beobachtet werden.

„Du meinst verwandelt?" Aus irgendeinem Grund verdunkelte ein sehr trauriger Ausdruck ihr Gesicht.

Er verstand es nicht. Die meisten Gestaltwandler

freuten sich über die Chance, einen Ort zu haben, an dem sie sicher herumlaufen konnten, ohne von Jägern entdeckt zu werden. „Ja, verwandelt. Wir alle wissen, dass unsere tierische Seite gerne auf allen Vieren herumrennt, weshalb Ariks Vorfahren diesen Ort für uns geschaffen haben. Das ist die Lion's Pride Ranch. Hunderte Hektar von Wald, Feldern und Hügeln und sogar einem Fluss. Für die Öffentlichkeit ist das der Ort, an dem wir die Rinder für unsere Restaurants großziehen. Aber in Wirklichkeit ist es ein sicherer Rückzugsort für unsere Art."

„Wie sicher? Was unterscheidet diesen Ort von den Nationalparks?"

„Einige Dinge. Er ist mit einem drei Meter hohen Elektrozaun mit Stacheldraht abgesperrt, um Fremde fernzuhalten. Es gibt Kameras, die die Umgebung filmen, und einige Rudelmitglieder, die dich plattmachen, wenn du sie Park Ranger nennst." Besonders wenn man ihnen einen Picknickkorb anbot. Erneut sprach Hayder aus Erfahrung.

„Aber warum bringst du mich hierher? Selbst mit all diesen Sicherheitsmaßnahmen sind wir in eurem Hochhaus bestimmt sicherer?"

„Du bist bei mir, weshalb du in Sicherheit bist. Aber Sicherheit ist einen Dreck wert, wenn man den Verstand verliert. Ich dachte, dass du bei all dem Stress, dem du ausgesetzt bist, eine Auszeit vertragen könntest. Eine Chance herumzulaufen."

Doch je mehr er redete, umso mehr zog sie sich zurück. Er streckte die Hand nach ihr aus, aber sie wich zurück.

„Was ist los, Baby? Was stimmt nicht?"
„Wir müssen gehen. Jetzt."
„Machst du dir Sorgen, dass dein altes Rudel angreift?"
„Nein. Bitte. Wir müssen einfach gehen."

„Wir bewegen uns nicht, solange du mir nicht sagst, warum?"

Ihr Geständnis verblüffte ihn, als sie es aussprach. „Ich kann mich nicht verwandeln. Nicht mehr. Meine Wölfin ist verschwunden."

Kapitel 12

Ihr beschämendes Geheimnis laut zuzugeben schmerzte, doch nicht so sehr wie die Erinnerung daran, warum ihre Wölfin nicht mehr zum Spielen herauskam.

Sie hätte wissen sollen, dass er die Sache nicht auf sich beruhen lassen würde. „Was meinst du damit, dass du dich nicht verwandeln kannst? Du bist eine Wölfin. Ich kann es riechen."

„Du meinst, ich war eine Wölfin. Jetzt nicht mehr. Ich habe meine andere Seite schon jahrelang nicht mehr hervorlocken können. Nicht einmal bei Vollmond." Wenn der Drang, sich zu verwandeln, am stärksten war.

„Warum?"

Sie dachte daran, ihm zu sagen, dass er sich um seine eigenen Angelegenheiten kümmern sollte. Sie wollte diese Scham nicht laut zugeben, doch trotz ihrer kurzen Bekanntschaft kannte sie Hayder gut genug, um zu wissen, dass er das nicht auf sich beruhen lassen würde. Also könnte sie ihm auch die Wahrheit erzählen und das Ganze hinter sich bringen. „Ich habe vor einiger Zeit versucht, zu fliehen. Besser gesagt, meine Wölfin hat das. Aber wir haben versagt. Als Harry mich gefunden hat, haben er und seine Kumpane mich geschlagen. Schlimm. So schlimm, dass meine Wölfin sich zurückgezogen hat und seitdem nicht mehr herausgekommen ist."

Einen Augenblick lang sagte er nichts und sie hatte Angst, ihn anzusehen. Würde er letztendlich doch zeigen, dass er von ihrer Schwäche angewidert war? Würde er endlich realisieren, dass es ein Irrglaube war, dass sie zusammengehörten? Ein Mann wie er verdiente eine Frau, die stark ist. Eine Frau –

„Würdest du damit aufhören!", schrie er.

Erschrocken hob sie den Kopf. „Es tut mir leid."

„Was tut dir leid? Es gibt nichts, was dir leidtun muss."

„Aber ich habe dich wütend gemacht."

„Verdammt richtig, ich bin wütend, Baby, aber nicht auf dich, auch wenn ich sauer bin, dass du immer so schaust, als würde ich dir wehtun, sobald du etwas sagst. Die einzige Person, der ich wehtun will, ist dieses Arschloch, das dir das angetan hat. Er ist derjenige, auf den ich wütend bin. Er und sein ganzes Rudel von Feiglingen, die denken, dass es okay wäre, eine Frau zu schlagen."

Seine ungestüme Art, die sie rein gar nicht verängstigte, brachte ein zitterndes Lächeln auf ihre Lippen. „Ich weiß, dass du mir nicht wehtun wirst."

„Wurde auch Zeit, dass du das endlich einsiehst. Ich bin der Hammer."

Sie rümpfte die Nase. „Ist Arroganz eine Eigenschaft aller Löwen?"

„Nein. Nur von mir, Baby. Aber genug davon, wie toll ich bin. Konzentrieren wir uns wieder auf dich. Du bist eine Gestaltwandlerin. Egal was dir zugestoßen ist, diese Tatsache hat sich nicht verändert. Ich wette, dass deine Wölfin nur zu viel Angst hat, um herauszukommen. Aber sie muss jetzt keine Angst mehr haben. Sag ihr, dass es sicher ist, herauszukommen."

Sie ließ die Lippen hängen. „Ich habe versucht, mit meiner anderen Hälfte zu kommunizieren. Sie antwortet nicht. Ich kann sie nicht einmal mehr fühlen. Es ist, als wäre sie weg." Sie verschwieg jedoch die Tatsache, dass sie sie, seit sie ihn kennengelernt hatte, ein paarmal flüstern gehört hatte. Aber sie versuchte sich immer noch davon zu überzeugen, dass sie sich das nur eingebildet hatte.

„Sie kann nicht weg sein. Lass es mich versuchen. Hey, du, die Wölfin in meinem Baby, hättest du etwas dagegen, ein bisschen herauszukommen? Arabella vermisst dich sehr."

Nichts.

Sie schüttelte den Kopf. „Ich schätze, was du versuchst, aber es funktioniert nicht." Wie sehr sie versucht hatte, ihre pelzige Seite dazu zu bringen, zu reagieren, zu antworten oder einfach irgendetwas zu tun.

„Vielleicht muss sie nur daran erinnert werden, wie es sich anfühlt, frei herumzulaufen."

Sie verstand nicht, was er machte, als seine Hände an den Saum seines Shirts wanderten. Er schaffte es, es halb hochzuziehen, bevor sie fragte: „Was machst du?"

„Mich ausziehen. Ich hasse es, mich in Klamotten zu verwandeln. Einkaufen nervt."

„Warum verwandelst du dich?"

„Um dir zu helfen natürlich."

„Was lässt dich glauben, dass deine Verwandlung helfen wird?"

„Deine Wölfin hat Angst, herauszukommen. Ich denke, es kann nicht schaden, ihr zu zeigen, dass dies hier ein sicherer Ort ist, an dem sie sie selbst sein kann. Und wenn das nicht funktioniert, dann vielleicht ein Ausflug in den Wald."

„Du willst laufen gehen?"

„Ja. Und du kommst mit."

„Ich kann nicht mitkommen. Ich kann unmöglich mithalten." Und sie wollte auch nicht daran erinnert werden, wozu sie nicht mehr in der Lage war.

Er hörte nicht auf ihre Proteste. Offensichtlich wollte sein Löwe herauskommen. Kleidung fiel zu Boden. Nackte Haut badete sich in warmem Sonnenlicht – und war das Objekt ihres viel-zu-neugierigen Blickes. Ein Blick, der nicht unbemerkt blieb, als ihre Musterung von seinem Gesicht nach unten wanderte.

Oh mein Gott.

Sie drehte den Kopf und verpasste deshalb seine Verwandlung. Mit einem Brüllen, das ihre Knochen vibrieren ließ, wechselte Hayder die Gestalt von Mensch zu Tier.

Als die Verlockung seines Fleisches verschwunden war, wagte sie es wieder, ihn anzusehen. Sie konnte nicht anders, als ihn anstarren. „Dein Löwe ist wunderschön."

Das war er. Als Hayder auf seinen vier Pfoten dastand und stolz die Brust schwellte, schüttelte er den Kopf, sodass seine lockere Mähne sich zerzauste.

Welch majestätisches Tier. Wie eingebildet. Sie bemerkte das Zwinkern, das er ihr zuwarf, als sie bewundernd vor ihm stand.

Da sie eine Ablenkung benötigte, blickte sie sich um, doch nichts weckte ihre Aufmerksamkeit.

Nicht starren. Er hat bereits ein viel zu großes Ego. Er und sein Löwe.

Wie kam es, dass ihr ständig unanständige Gedanken durch den Kopf gingen, wenn es um ihn ging? Sie musste etwas mit ihren Händen tun, etwas anderes, als sein weiches Fell streicheln zu wollen, um herauszufinden, ob es stimmte, dass Löwen nicht schnurren können.

Ich würde ihn gerne streicheln und es selbst herausfinden.

Aber das würde sie nicht.

Als sie sich bückte, um seine Kleidung vom Boden aufzuheben, nahm Arabella den moschusartigen Duft seines Deos war, der an seinem Shirt klebte, und den noch schärferen Geruch seines Raubtiers.

Sie nieste. Ein paarmal.

Seufz.

Dagegen würden sie wirklich etwas unternehmen müssen. Vielleicht sollte sie doch über die Hypersensibilisierung nachdenken, die der Arzt vor ein paar Jahren vorgeschlagen hatte.

Seht mich an, ich denke über eine Zukunft mit Katzen nach. Einer Katze.

Einer Unmöglichkeit.

Sie legte seine Kleidung ins Auto, wobei sie sie zu einem sauberen Stapel zusammenlegte, eine jahrelange Gewohnheit, die bedeutete, viele Schimpfpredigten zu vermeiden. Als sie die Tür des Wagens schloss, stupste Hayder sie mit dem Kopf an. Und warf sie praktisch um.

Er hatte einen ziemlich großen flauschigen Kopf.

„Was willst du jetzt?"

Er starrte sie mit fragenden Augen an.

„Nein, obwohl du dich verwandelt hast, redet meine Wölfin immer noch nicht." Auch wenn sie hätte schwören können, dass sie ein zweites Paar neugieriger Augen spürte. Sah ihr inneres Ich zu?

Bist du da drinnen? Du kannst rauskommen. Es ist sicher.

Nichts, aber das voyeuristische Gefühl blieb.

Es schien so, als wäre Hayder nicht zufrieden mit einfacher Bewunderung. Er stupste sie wieder an und ließ sich dann langsam neben ihr nieder. Sein Schwanz zuckte und schlug wellenförmig gegen sie.

„Hör damit auf."

Er zuckte wieder und dieses Mal kitzelte er sie mit der Spitze seines Schwanzes am Kinn. Sie streckte den Kopf. „Das ist mein Ernst. Hör auf. Ich weiß nicht, was du von mir willst. Sie kommt nicht raus."

Bernsteinfarbene Augen saßen in einer zerzausten Miene und beobachteten sie. Sie schienen etwas zu fragen.

Sie runzelte die Stirn. „Ich verstehe dich nicht."

Er schüttelte den Kopf und stieß ein leises Knurren aus. Er wollte etwas.

„Was? Was willst du? Ich verwandle mich nicht. Du wirst also lange warten, wenn du auf mich wartest. Du kannst ruhig alleine loslaufen. Ich werde hier auf dich warten." Und hoffen, dass sie sich nicht mit ihrem alten Rudel herumschlagen musste. Hayder schien überzeugt zu sein, dass dieser Ort sicher war, doch Arabella konnte ihre Zweifel nicht begraben.

Das Summen einer einzelnen Biene störte die vollkommene Stille. Sie tat so, als würde sie sich für das Mischmasch der Anbauten an das Landhaus interessieren. Sie wartete. Er wartete.

„Du vergeudest Tageslicht", erinnerte sie ihn.

Er blieb. Dann lehnte er sich zur Seite und strich gegen ihre Beine. Ein Schnauben ertönte.

Sicherlich wollte er doch nicht … „Versuchst du mich dazu zu bewegen, auf dich zu klettern?"

Nie im Leben. Kein Löwe würde je zulassen, dass jemand wie auf einem Pony auf ihm ritt.

Erneut stupste er sie an.

Sag nein. Das ist verrückt. Tu es nicht.

Ihre innere Stimme ignorierend schwang sie ein Bein über seinen breiten Rücken und setzte sich auf ihn. Seine Größe war beeindruckend. Ihre Füße kamen dem Boden nicht einmal nahe. Sie wackelte auf ihm, als er einen Schritt machte. Als sie spürte, dass sie die Balance verlor, schossen ihre Hände nach vorne und schnappten sich das Erste, was sie finden konnten.

Seine Mähne.

Obwohl sie es schaffte, sich zu fangen, erstarrte sie erschrocken. Jeder wusste, wie heilig einem Löwen seine Mähne war. Sie hatte schon von Rudelkämpfen gehört, weil jemand über den ganzen Stolz einer Katze hergezogen hatte.

Und hier war sie und benutzte die Mähne des Betas des mächtigsten Löwenrudels an dieser Küste als Zügel.

Er würde sie sicherlich auffressen.

Sie hielt den Atem an und wartete. Aber sie ließ auch nicht los, da ihre Muskeln verkrampft waren.

Er warf sie nicht ab. Er schnappte nicht mit seinen mächtigen Zähnen nach ihr. Er ging weiter.

Lockeren Schrittes trug er sie. *Er will mich wahrscheinlich aus der Auffahrt bringen, bevor er die Geduld verliert und mich auffrisst.* Blut von Asphalt oder Beton zu waschen, machte keinen Spaß. Sie sollte es wissen. Pokerabende mit Harry und seinen Kumpanen endeten immer mit Gewalt.

Sie erreichten den Schatten des Waldes, wo das Sonnenlicht durch die grünen Blätter gefiltert wurde, und er reagierte immer noch nicht darauf, dass sie sich an seiner Mähne festklammerte.

War es möglich, dass es ihm egal war? Hatte sie noch

nicht oft genug gesehen, dass Hayder anders als die anderen Männer war, die sie in den letzten Jahren kennengelernt hatte? Wieder und wieder bewies er es ihr.

Je länger er nicht ausrastete, umso mehr entspannte sie sich. Als die Anspannung sich löste, fing sie an, die Umgebung auf sich wirken zu lassen, diese wunderschöne und friedliche Umgebung. Wie lange war es her, dass sie im Wald gewesen war?

Zu lange. Es war Jahre her, seit sie das letzte Mal in dem kleinen Wäldchen im Park gewesen war, das ihr altes Rudel sie von Zeit zu Zeit hatte besuchen lassen. Diese überwachten Ausflüge nach ihrem Fluchtversuch waren nur ein weiteres Beispiel des Mangels an Freiheit in ihrem elenden Leben. Aber selbst eine anzüglich grinsende Wache war besser als nichts. Bis auf die Tatsache, dass das nichts brachte. Entweder gefiel ihrer Wölfin das Wäldchen nicht oder sie war wirklich verschwunden. Sobald sie erkannte, dass ihre Wölfin nicht mehr herauskommen würde, hörte sie mit den Parkbesuchen auf. Wieso sollte sie sich quälen?

Aber wie sehr sie die Schönheit der Natur vermisst hatte. Die ruhige Gelassenheit des wilden Waldes um sie herum, eine Ruhe, die nur aus natürlichen Geräuschen bestand. Das gab es in dieser Welt im Überfluss, angefangen beim sanften Summen der Insekten bis hin zu der sanften Brise, die durch die Zweige wehte. Hier fehlte das Chaos von Industrie und Menschheit.

Der Überfluss an Pflanzen erfüllte ihren Sehsinn mit beruhigenden Schattierungen aus Grün und Braun, vermischt mit gelegentlichen Farbklecksen, und erwies sich als befreiend nach all den grellen Schildern und Lichtern der Stadt.

Das Beste aber war der Geruch. Gab es denn wirklich

irgendetwas, das man mit dem frischen lebendigem Duft von Blättern, den faszinierenden Gerüchen der Kreaturen, die in den Wurzeln und Zweigen und der Erde lebten und die so modrig und doch so erbaulich waren, vergleichen konnte. Die vereinzelten Blumenknospen steuerten einen Hauch von Süße bei. Es war eine Symphonie aus Düften.

Sie atmete ein und genoss die frische Luft. Wie wunderbar. Wie –

So sehr vermisst.

Diese plötzliche Feststellung erschreckte sie. Sie verkrampfte. *Bist du das?*

Einen Augenblick lang dachte sie, dass ihre andere Seite nicht antworten würde. *Habe ich es mir nur eingebildet?*

Ich bin hier.

Weniger gesprochen als gedacht. Eine Kommunikation, die weniger auf Worten und mehr auf Gefühlen basierte.

Ich dachte, du bist weg. Und sie hatte diesen Verlust so sehr betrauert.

Versteckt. Verborgen.

Aber du musst dich nicht verstecken. Wir sind jetzt frei.

Frei und du brauchst mich nicht.

Mit diesen Worten verschwand ihre Beobachterin und Arabella fragte sich fast, ob sie sich das Ganze eingebildet hatte. Außer ...

Nein. Sie hatte mit ihrer Wölfin gesprochen. Sie war immer noch da drinnen. Wollte herauskommen, aber hatte Angst.

Vielleicht hatte Hayder recht. Vielleicht musste man ihrer Wölfin nur zeigen, dass es sicher war, herauszukommen und sich daran zu erinnern, wie viel Spaß es machte, ein Tier zu sein.

In der Hoffnung, dass er es verstehen würde, lehnte sie

sich nach vorne und legte sich praktisch auf seinen Rücken, wobei sie ihren Kopf kurz in seiner Mähne vergrub und ihre Beine fest an seine Seiten drückte.

Auf ihre unausgesprochene Bitte hin stürmte er intuitiv los und sie fing an, sich besser festzuhalten. Sie klammerte sich an Hayder, während er durch den Wald rannte. Klammerte sich an den muskulösen und pelzigen Rücken des Löwen. Sie bemerkte, wie sich seine kräftigen Muskeln bewegten. Genoss die Brise, die durch ihr Haar und das der Löwenmähne strich – die sie, auch wenn sie ihr Gesicht kitzelte, nicht zum Niesen brachte.

Gut. Ein heftiges Hatschi und sie wäre vielleicht von seinem Rücken geflogen. Ihr Ritt brachte sie an den Rand des Waldes und zu einem goldenen Feld. Schwingende Stängel breiteten sich über viele Hektar in alle Richtungen aus.

Er sprang hinein und die peitschenartigen Strähnen kitzelten ihre Haut und verfingen sich in ihren Haaren. Sie musste einfach laut lachen, als all ihre Ängste und Sorgen in dem Augenblick verflogen, als sie sich von einem einfachen Weizenfeld daran erinnern ließ, wie schön das Leben doch war.

Erinnerst du dich daran, wie wir immer in den Feldern in der Nähe unseres Hauses gespielt haben? Ich versteckte mich immer und Mom schickte Jeoff, um mich zu suchen. Ihre Wölfin antwortete nicht, aber sie hätte schwören können, dass sie zuhörte und sich an den Spaß erinnerte, den sie hatten, als sie durch die hohen Stängel schlichen. Vorsichtig, damit kein Laut und keine Bewegung sie verrieten.

Eine Wölfin, die verstohlener war als ein Fuchs, sagte ihr Bruder immer.

War sie immer noch so verschlagen wie das Mädchen damals?

Sie glitt von Hayders Rücken. Er stoppte sofort und drehte sich um, um sie anzusehen. Ein besorgt aussehender Löwe war wirklich ein Anblick. Sie lachte, als sie ihn streichelte.

„Du bist so ein riesiges Fellknäuel. Weiß sonst noch jemand, dass du so gelassen bist?"

Ein Löwe, der die Augen verdrehte; eine Sensation für *YouTube*. Wenn sie doch nur eine Kamera hätte.

„Ich will ein Spiel spielen." Sie konnte nicht glauben, dass sie das gesagt hatte, aber sie bedauerte es nicht. Wann war das letzte Mal, dass sie sich hatte gehen lassen und einfach gelebt hatte?

Hayder hatte recht. Sie hatte zu viele Jahre eingepfercht verbracht, war zu lange eine Gefangene in ihrem eigenen Haus, eine Gefangene ihres Lebens und ihrer Entscheidungen gewesen. Und sie hatte zu viel Zeit damit verbracht, sich zu fürchten.

Es war an der Zeit zu leben.

„Wir werden Wolfsjagd spielen. Außer, dass es in diesem Fall vermutlich mehr eine Löwenjagd wird, oder eine Menschenjagd?

Er machte ein Geräusch.

Komisch, wie sie schwören könnte, dass sie ihn verstand. „Nun, aktuell bin ich ein Mensch, also passt das. Egal, der Name ist unwichtig. Es ist ein Spiel, das ich als Kind immer mit meinem Bruder gespielt habe. Es war unsere Version von Verstecken spielen. Bis auf die Tatsache, dass wir Weizen- oder Maisfelder benutzt haben. Und der Gewinner war derjenige, der sich an den anderen heranschleichen und ihn zu Tode erschrecken konnte. Willst du spielen?"

Das Schnauben war Antwort genug.

„Wenn ich los sage, schließt du die Augen und zählst bis sechzig. Dann suchst du mich."

Ein Lachen flatterte aus Arabella heraus, als er sich auf den Boden fallen ließ, den Kopf einzog und seine Pfoten darüberlegte. Sein Schwanz zuckte.

Tick. Tack. Verdammt, sie sollte los und nicht auf das hypnotisierende Schwingen seines Puschels starren.

Sie schlängelte sich durch den Weizen und bewegte sich schnell in Kreisen und im Zickzack vorwärts. Alles, um ihre Spur und ihren Geruch zu verschleiern. Auf dem Weg pflückte sie auch die vereinzelten Kornblumen. Als sie eine Handvoll hatte, rieb sie sich, ihre Kleidung und ihre Haut damit ein, um ihren Geruch zu maskieren und wie das Feld zu riechen. Dann machte sie einen Bogen und bewegte sich wieder auf Hayders Position zu.

Es war gut, dass sie genau aufpasste, denn beinahe hätte sie ihn nicht gesehen, wie er durch die schwingenden Weizenhalme schlich. Nur die federartigen Spitzen des Weizens und ihre Bewegungen ließen sie seinen Aufenthaltsort erkennen, einen Aufenthaltsort, an den sie sich heranpirschte.

Und näher kam. Und näher.

Sein Schwanz zuckte direkt vor ihr und der Schelm in ihr konnte nicht widerstehen. Sie packte ihn und zog daran.

Kapitel 13

Es gab ein paar Dinge, die einen Löwen wirklich reizten.

Seinen Schlafplatz in der Sonne zu klauen.

Seine Mähne zu zerzausen.

Den letzten Donut zu essen.

An seinem verdammten Schwanz zu ziehen!

Aus Reflex drehte er sich zu dem Gör um, das sich an ihn herangeschlichen hatte. Nun, herangeschlichen, wenn er die Tatsache ignorierte, dass er genau wusste, dass sie hinter ihm war. Sollte sie doch glauben, dass sie ihn erwischt hatte. Er war so verzaubert von ihrer wiederaufkeimenden spielerischen Seite, dass er ihr den Spaß nicht ruinieren wollte.

Ein Spaß, der aufhörte, als sie an seinem Schwanz zog.

Rawr!

Er drehte sich um und warf ihr einen unheilvollen Blick zu.

Einen Augenblick lang erstarrte sie. Ein Zittern durchfuhr sie.

Sie hatte Angst.

Ach verdammt. Sie wusste doch sicherlich, dass er ihr nie wehtun würde?

Aber andererseits, konnte er erwarten, dass jahrelanger Missbrauch sich einfach in Luft auflöste, nachdem sie etwas mehr als einen Tag mit ihm verbracht hatte? Er fragte sich, was sie tun würde. Würde sie davonlaufen oder ihn mit traurigen Hundeaugen ansehen?

Warum musste das überhaupt alles passieren? Warum musste er so angsteinflößend aussehen? War es seine Schuld, dass sein Löwe so beeindruckend und gefährlich aussah? War es –

Moment, lachte sie?

Er beäugte sie. Ja. Das tat sie. Sie lachte und grunzte.

Jetzt blickte er wirklich finster drein.

Sie kicherte lauter. „Oh. Oh." Sie rang nach Luft. „Wenn du deinen Gesichtsausdruck sehen könntest."

Er würde ihr einen Gesichtsausdruck zeigen. Er verwandelte sich in sein menschliches Selbst, doch nicht einmal seine beeindruckende Nacktheit konnte ihre Schadenfreude unterdrücken. Er stand auf und näherte sich ihr mit langen Schritten, wobei ihr Lachen leiser wurde, bis es ganz aufhörte. Er applaudierte fast, als sie ihn anblickte, anstatt auf ihre Füße zu schauen.

„Bekomme ich jetzt Ärger?"

„Nicht, wenn du mir einen Kuss gibst." Bestechung? Verdammt richtig. Er würde alles für einen Kuss tun.

„Wenn du einen Kuss willst, musst du mich fangen. Du bist dran." Sie schubste ihn, bevor sie losstürmte und bald aus seinem Blick verschwand.

Ernsthaft? Sie war der Hammer, gehüllt in eine Schicht aus Perfektion mit einem Hauch von Frechheit.

„Ich werde dich erwischen, Baby." Er rannte los, in einem leichten Galopp, der sie einen Augenblick lang glauben lassen sollte, dass sie ihm entkommen war. Doch er würde sie letztendlich erwischen und seinen verdienten Kuss einfordern.

Sobald er sie fand. Sein Baby war schnell zu Fuß. Nicht nur das, denn sie bewegte sich auch nicht wie erwartet. Ihre Spur verlief in einer geraden Linie vom Feld zum Waldrand.

Einen Augenblick lang dachte er darüber nach, wieder die Gestalt zu verändern. Die Tatsache, dass sie ihren Spielplatz verlassen hatte, bereitete ihm Sorgen. Auch wenn er ihr gesagt hatte, dass diese Gegend sicher war, bedeutete das nicht, dass nichts passieren konnte.

Er musste sie finden.

Er hob den Kopf und atmete tief ein, um ihre Spur zu finden. Nachdem sie sich zuvor so bemüht hatte, sich zu tarnen, war ihr Geruch schwach, doch immer noch stark genug, dass er ihr zu dem rauschenden Strom folgen konnte, der durch diesen Teil des Anwesens floss. Er folgte ihrer Spur am feuchten und felsigen Ufer und versuchte, sie zu erblicken. Bis auf das Prasseln von Wasser auf Felsen konnte er nichts hören. Das Rumoren des Wassers war laut, da er oben an einem kleinen Wasserfall stand, der einen mittelgroßen See speiste.

Immer noch kein Anzeichen von Arabella. Jetzt war er wirklich besorgt. Er hüpfte die Felsen hinab ans Ufer des Sees. Wo war sie? Hatte sie jemand entführt? War sie –

Da packte plötzlich etwas seine Knöchel und er blickte hinab auf eine nasse Arabella, eine Wassernymphe in BH und Höschen, die ihn triumphierend angrinste, als sie an seinen Beinen zog und ihn zu sich ins Wasser holte.

Der Schock des kalten Wassers ließ ihn fast aufschreien. Doch er hielt den Mund so lange geschlossen, bis sein Kopf wieder durch die Wasseroberfläche brach.

Ein glänzender Kopf tauchte neben ihm auf.

„Baby, dafür lasse ich dich leiden."

„Sollte ich Angst haben?"

„Große Angst." Denn er würde sie mit derselben Erregung quälen, die ihn plagte.

Bevor sie wegschwimmen konnte, schnappte er sie und fesselte sie mit seinen langen Armen. Glücklicherweise konnte er, obwohl das Wasser relativ tief war, immer noch darin stehen, sodass der Großteil seines Oberkörpers über dem Wasserspiegel war.

Perfekt, denn er hatte Besseres mit seiner Energie vor, als sich über Wasser zu halten. Er würde sie für den Kuss brauchen, den er ihr geben wollte. Einen verdammt langen Kuss.

Sie versuchte nicht, seinem Griff zu entkommen. Im Gegenteil, sie wand sich um ihn herum und legte ihre Beine und Arme um ihn.

Ausgezeichnet, da sie nun in der genau richtigen Position für seine intime Umarmung war.

Doch heute war ein Tag voller Überraschungen. Sie fing vor ihm seinen Mund ein und drückte ihren darauf, wobei sie mit den Zähnen an seiner Unterlippe zog.

Sein Griff um sie wurde von locker zu fest, als seine Arme sie an sich banden, besonders als die Spitze ihrer Zunge mit dem Saum seiner Lippen spielte.

Während ihre Lippen sich besser kennenlernten, blieben ihre Hände jedoch nicht untätig. Die ihren kneteten die Muskeln, die über seine Schultern verliefen. Sie wand ihre Finger durch sein nasses Haar. Sie rieb ihr von einem nassen Höschen bedecktes Geschlecht gegen seinen Unterleib.

So schön. Als er merkte, dass sie nirgends hingehen würde, lockerte er seine Umarmung und konzentrierte sich darauf, ihre Kurven zu erforschen. Das Wasser erwies sich als tragend genug, sodass er sie loslassen konnte, um mit seinen Händen ihr Fleisch zu liebkosen. Seine Finger glitten ihren Brustkorb hinab zu den Rundungen ihres Pos und hielten dort inne, um ihn zu packen. Eine perfekte Handvoll. Schön.

Er ließ eine Hand auf ihrem köstlichen Hintern ruhen, während die andere über ihre Hüften glitt und dann hinauf zu dem Spitzenstoff, der einen perfekten Pfirsich umfasste.

Ja, er würde ihre Brüste mit Früchten vergleichen. Rund, fest, mit einem Hauch nachgiebigem Fleisch. Sie verführten ihn dazu, hineinzubeißen, ihre Süße zu kosten und sich darin zu verlieren.

Er konnte nicht widerstehen.

Seine Hände packten ihre Taille, damit er sie aus dem Wasser heben und sie auf die genau richtige Höhe positionieren konnte. Die genau richtige Höhe war dort, wo sein Mund an dem feuchten Stoff ziehen konnte, bis eine gekräuselte Beere herausplopppte.

Doch sie blieb nicht lange entblößt, da sein Mund sie sofort bedeckte.

Er stöhnte. Sie stöhnte. Sie beide stöhnten, als er mit dem Nippel spielte. Keine Worte waren zu hören, nichts außer leichtem Keuchen und erregtem Stöhnen.

Und einem Platschen, als etwas das Wasser traf.

Dann noch etwas. Das leise Echo eines Schusses ließ ihn erstarren.

Scheiße. Jemand schoss auf sie.

„Atme tief ein", war seine einzige Vorwarnung, bevor er Arabella unter Wasser zog, wo sie ein schwierigeres Ziel sein würden.

Geweitete Augen blickten unter Wasser in seine.

Da es schwierig war zu erklären, warum es so aussah,

als würde er sie ertränken wollen, schwamm er los. Mit ihr im Schlepptau tauchte er zum tiefen Ende des Sees am Wasserfall. Da er diesen Ort schon oft erforscht hatte, als er hier war, wusste er genau den richtigen Platz, der ihnen Schutz geben würde, bis er herausgefunden hatte, wo der Schütze war.

Und dann schnappen wir ihn uns und fressen ihn auf.

Es schien so, als wäre Hayder nicht der Einzige, den diese Unterbrechung verärgerte.

Aber trotzdem ...

Wir fressen keine Leute.

Welch enttäuschte Katze.

Aber wenn wir den Jäger erwischen, bestellen wir uns das größte Steak, das sie da haben.

Mit dem roten Soßen-Zeug?

Mit einer doppelten Portion der Rotweinreduktion, versprach er.

Mit brennender Lunge zog Hayder sie hinter dem herabprasselnden Wasserfall an die Oberfläche. Die kleine verborgene Grotte erwies sich als großartiges Versteck. Der Schütze würde es schwer haben, hier auf sie zu zielen, und das Wasser würde die Kugel abbremsen und ablenken. Er wusste, dass sie hier für den Augenblick mehr oder weniger sicher waren, doch sie tat das nicht.

Durchnässt und geruchslos bedeutete nicht, dass Hayder die Angst nicht wahrnehmen konnte, die Arabella verströmte.

Sie blieb dicht hinter ihm und nieste ausnahmsweise nicht. Glücklicherweise, denn eines ihrer gewaltigen Hatschis hätte ein ziemlich lautes Echo verursacht.

„Hat jemand auf uns geschossen?", flüsterte sie ihm ins Ohr. Irgendwie komisch, da man auf der anderen Seite des plätschernden Wasserfalls nichts davon hören konnte.

„Ja. Jemand hat versucht, uns zu erwischen." Was bedeutete, dass die Köpfe der heutigen Wachmannschaft rollen würden. Wie genau hatte es jemand mit einer geladenen Waffe auf das Land des Rudels geschafft? Was für Feiglinge jagten Gestaltwandler mit Kugeln?

Die Art, die dachte, Frauen schlagen zu dürfen?

Grrrr.

Der Mensch, nicht der Löwe, machte dieses Geräusch.

Es war auch der Mensch, der Arabella so tief wie möglich in die kleine Höhle drückte und seinen Körper als Schutzschild benutzte, für den Fall, dass der Schütze doch einen glücklichen Treffer landen würde.

Das herunterprasselnde Wasser und das Echo in der Einbuchtung machten es unmöglich, zu erfassen, was außerhalb der Grotte vor sich ging. Kam der Schütze näher? Wusste er, wohin sie verschwunden waren? Würde er lange genug bleiben, damit Hayder ihn jagen und grün und blau schlagen konnte?

Es gab nur eine Möglichkeit, das herauszufinden.

Er tauchte unter und stieß sich von der Wand ihres Zufluchtsorts ab. Dann schwamm er zur Mitte des Sees, wo das Wasser tief genug war und er einen guten Blick auf seine Umgebung bekommen konnte.

Das bedeutete aber auch, dass sein Kopf eine ausgezeichnete Zielscheibe lieferte, sobald er ihn aus dem Wasser streckte.

Spritzer zeigten die Stellen, wo die Kugeln ins Wasser schlugen, wobei eine sein Ohr streifte und ihm einen Fetzen Haut abriss.

„Scheiße!" Er duckte sich, aber nicht lange. Vom Wasser gedämpfte Schreie waren zu hören und weckten sein Interesse.

Kamen die guten Jungs, um sie zu retten, oder war es

Verstärkung für die Bösewichte? Er ließ sich an die Oberfläche treiben und erlaubte seinem Kopf, bis zu den Augen aus dem Wasser aufzutauchen.

Keine Schüsse, doch er wurde verbal angegriffen.

„Ich dachte, Katzen mögen kein Wasser", rief eine Stimme vom Ufer.

„Ich dachte, du bist noch in Europa und brockst uns einen schlechten Ruf ein", antwortete Hayder, als er Wasser trat und sich zum Sprecher drehte. „Was machst du hier?" Mit *du* meinte er Dean, einen alten Rivalen. Die Frage war nur, arbeitete Dean für die guten oder die bösen Jungs?

„Anscheinend rette ich deinen nackten Arsch vor ein paar Wilderern."

„Wilderer zielen nicht auf Menschen."

„Aber Wölfe schon."

Wölfe? Also hatte das mit Arabella zu tun. „Hast du den Kerl erwischt, der auf uns geschossen hat?"

„Lawrence hat sich um ihn gekümmert, während ich hergekommen bin, um nach euch zu sehen."

„Lawrence ist auch hier?" Ein Kumpel aus seinen Collegetagen und den Jahren danach, in denen er ein paar Jobs für den Rat der Gestaltwandler angenommen hatte, die zu einigen interessanten Missionen geführt hatten.

Er hatte Lawrence schon seit Jahren nicht mehr gesehen, was gut war, da es bedeutete, dass er Dean aus dem Weg gehen konnte, dem Arsch, der ihm gerne in den Weg kam, wenn es um Frauen ging.

„Vergiss Lawrence. Mich interessiert mehr dieses *Wir*-Ding? Wer ist bei dir?"

„Geht dich nichts an."

Falsche Antwort. Dean streckte den Kopf und Arabella wählte diesen Augenblick, um als glänzende Wassergöttin an die Oberfläche zu kommen.

Dean stieß einen Pfiff aus. „Aber hallo, Sweetheart." Dean zeigte seine wahre Seite – und Hayder meinte nicht seinen Tiger – mit einem breiten Lächeln, das er Hayders Frau zuwarf.

„Sie ist vergeben", knurrte Hayder warnend.

„Nein, bin ich nicht", erwiderte sie.

Deans Lächeln wurde breiter. „Ist das nicht interessant."

„Das einzig Interessante wird das Geräusch sein, das dein Gesicht macht, wenn es auf meine Faust trifft, falls du nicht sofort verschwindest." Eifersucht, Hayders neuester bester Freund. Ein etwas gelassenerer Kerl würde das vermutlich ignorieren. Aber Hayder mochte es irgendwie. Wut mit einem Sinn dahinter. Genial.

Aber Dean ignorierte Hayders Drohung. Stattdessen ging er auf einem Fels, der über das Wasser hinausragte, in die Hocke und winkte Arabella heran. „Komm her, Sweetheart. Obwohl mein Kumpel Lawrence sich um den Schützen gekümmert hat, kann man wegen des ausgefallenen Sicherheitssystems nicht sagen, wie viele noch hier herumlungern."

„Was meinst du mit ausgefallenem Sicherheitssystem?", bellte Hayder, als er Arabella im Wasser überholte. Das stellte sicher, dass er den Fels als Erster erreichte und sie seine Hand ergriff, als sie kurz darauf dort ankam.

Er zog sie aus dem Wasser und legte seine Arme um ihren zitternden Körper, weniger, um sie zu wärmen, als mehr, um sicherzustellen, dass Dean nicht zu viel zu sehen bekam.

Obwohl Gestaltwandler per se nicht von Nacktheit besessen waren, bedeutete das nicht, dass es einem Löwen gefiel, wenn ein anderer Mann seine Frau beäugte.

Wir könnten ihm auch die Augen herausreißen.

Seinem Löwen fielen immer die besten Lösungen ein.

„Du siehst aus, als würdest du frieren, Sweetheart. Hier, nimm das." *Das* war Deans Shirt, das der Bastard absichtlich ausgezogen hatte, um mit seinem Körper anzugeben. Der verdammte Bastard war natürlich muskelbepackt und selbst Hayder musste zugeben, dass er vermutlich hinsehen würde, wenn er ein Mädchen wäre. Verdammt, er war ein Kerl und er wusste, dass Dean gut aussah.

Aber Arabella beäugte den Mann nicht. Und sie nahm auch nicht das Shirt, das ihr angeboten wurde. Sie schüttelte den Kopf und schmiegte sich enger an ihn, um bei ihm Schutz zu suchen, etwas, das noch schöner war als ihre Abfuhr. Ein kleines Zeichen von Vertrauen.

Es gefiel ihm auch, dass sie nichts von Dean haben wollte. Doch das Shirt abzulehnen bedeutete, dass sie fror und durchnässt war. Sie konnte das Zittern nicht verbergen, das sie von Kopf bis Fuß erbeben ließ. Das musste geändert werden. Nur nicht mit Deans Shirt.

„Wo hast du deine Klamotten gelassen?"

Sie zeigte auf eine Stelle ein paar Meter entfernt von ihnen. Hayder sah Dean an, der sich nicht bewegte.

„Holst du sie?", fragte er.

Dean zog eine Augenbraue hoch. „Ich bin kein Hund?"

„Du hast es vielleicht noch nicht gehört, aber ich bin der Beta des Rudels."

„Mein Beileid. All diese Verantwortung." Dean erschauderte. „Ich würde das nicht wollen."

„Aber es bringt Vorteile mit sich, wie etwa Leuten Befehle erteilen zu können."

„Anderen Leuten vielleicht. Ich besuche das Rudel nur, ich bin kein Teil davon. Du kontrollierst mich nicht. Also wenn du die Klamotten willst, hol sie selbst."

„Bring mich nicht dazu, dir deinen Besucherstatus zu entziehen."

„Wegen der Jeans und des Sweatshirts einer Frau?"

„Männer." Arabella seufzte, bevor sie sich aus seinem Griff löste und zu ihrer Kleidung stolzierte.

Ein viel zu interessiertes Paar grüner Augen folgte ihr.

Mein.

Hayder trat nach rechts, um Deans Sicht auf sie zu blockieren.

Ein verschmitztes Grinsen zog an den Lippen des Tigers.

Hayder ignorierte es und konzentrierte sich auf wichtigere Dinge, wie etwa die Neuigkeit, die Dean verkündet hatte. „Erzähl mir mehr von dem Fehler des Sicherheitssystems." Es hatte offensichtlich etwas mit dem Angriff auf das Land des Rudels zu tun. Und es war ein noch nie dagewesener Fall. Arik würde über diese Sicherheitslücke nicht erfreut sein, was bedeutete, dass Hayder vielleicht doch noch seinen Krieg bekommen könnte.

„Bevor wir hier Frage und Antwort spielen, warum gehen wir nicht zuerst zum Quad? Ich kann dir die Details geben, sobald wir wieder auf der Farm sind. Obwohl ich mich keinen feuchten Dreck um deinen Kadaver schere, wäre es gut, wenn wir die Frau in Sicherheit bringen, nur für den Fall, dass es noch weitere Schützen gibt."

Bei der Erwähnung von Schützen wurde ihm seine Dummheit klar. *Will ich, dass man sie umbringt?* Sie standen beide im Freien und gaben perfekte Ziele ab. *Ich könnte genauso gut eine Zielscheibe aufstellen.* Wie ein dummer Teenager ließ er sich von seinem Zorn und seiner Eifersucht auf Dean den gesunden Menschenverstand vernebeln.

Es war an der Zeit, seine pelzige Mähne wieder wichtigen Dingen zuzuwenden.

Während er zu Arabella ging, suchte er die Gegend ab.

„Guter Gott, Hayder. Zieh dir eine verdammte Hose an und hör auf, deine Eier zur Schau zu stellen. Das ist nicht richtig."

Komisch, dass eine Frau, die nackt und mit wackelnden Brüsten herumhüpfte, als attraktiv bezeichnet wurde, während ein Mann mit einem großen Gemächt sich vor Gelächter schützen musste.

Doch bevor er seine Hand nach Süden bewegen konnte, um es stillzuhalten, zog sie den Kopf ein. Er hatte sich schon wieder erlaubt, sich ablenken zu lassen.

Da er nichts sah, atmete er tief ein, doch bemerkte nichts Ungewöhnliches. Keine unerwarteten Gerüche. Andererseits mussten Leute mit einem Scharfschützengewehr nicht in der Nähe sein. Die Wölfe hatten gezeigt, dass es ihnen an Ehre fehlte, wenn es ums Kämpfen ging.

Als Arabella gerade damit kämpfte, ihre Jeans über ihre nassen Beine hinaufzuziehen, erreichte er sie.

„Weißt du, was los ist?", fragte sie.

„Nicht genau, aber genug, um zu wissen, dass wir weg müssen. Sie sind auf das Farmland gekommen. Der Kerl, der uns beschossen hat, ist ausgeschaltet worden. Aber es könnte noch andere geben. Wir müssen dich in Sicherheit bringen." Sie öffnete den Mund, doch Hayder kam ihr zuvor, indem er knurrte: „Wage es nicht zu sagen, dass du es mir ja gesagt hast."

„Das würde ich dir nie sagen."

„Aber du denkst es definitiv." Bei diesen Worten konnte sie sich ein leichtes Lächeln nicht verkneifen. „Das hätte nie passieren sollen. Wenn ich herausfinde, wer seinen Job vernachlässigt hat, bekommt mein Wohnzimmer einen neuen Teppich."

Sobald sie ihr Shirt angezogen hatte, nahm er ihre Hand und zog sie wieder in Richtung Dean, der ihnen anzeigte, wo der Weg durch den Wald war. Obwohl der Großteil der Ranch ungezähmt war, gab es immer noch breite Wege, auf denen mit Quads Patrouillenfahrten durchgeführt wurden.

Das große Gefährt mit roter Karosserie, großen schwarzen Reifen und vielen Schlammspritzern an den Seiten wartete mit genug Platz für zwei auf sie.

Zwei Leute und sie waren zu dritt. Was bedeutete, einer zu viel. Ha, und seine Mathelehrerin sagte, dass er nicht kopfrechnen konnte. *Sehen Sie, Mrs. Klinger. Ich muss nicht immer meine Finger benutzen.* „Auf dem Quad ist nicht genug Platz für uns alle."

„Nun, was für eine Zwickmühle. Was wirst du machen? Traust du mir genug, um dir von mir deine Flanke sichern zu lassen, während du fährst, oder lässt du deine kostbare Lady mit mir fahren?"

Eifersucht schrie ihn an, die Kontrolle über das Fahrzeug zu übernehmen, während Arabella hinter ihm saß und sich an ihm festhielt. Doch gleichzeitig konnte er ihren Rückzug sichern, wenn er sich in seinen Löwen verwandelte. Dean war zwar gut, doch sein Stolz sagte ihm, dass er besser war. Und nur der Beste sollte den Job übernehmen, sein Baby zu beschützen.

Pflichtbewusstsein siegte über Eifersucht. Knapp.

Er gab dem verschlagenen Tiger nur eine leise Warnung, bevor er sich verwandelte. „Wenn du irgendetwas versuchst, bringe ich dich um." Stumpf und ohne Eleganz, doch hoffentlich effektiv.

Als Dean auf das Quad stieg und Arabella ein Zeichen

gab, hinter ihn zu klettern, wechselte Hayder von Haut zu Fell.

Sofort wurden seine Sinne schärfer. Alles wurde klarer und definierter. Seine Nase zuckte, als sie die Vielzahl an Düften deutete. Seine Augen wanderten ständig umher und suchten nach Bewegung. Sein Schwanz schwang hin und her, eher weil er das Gefühl mochte als zu irgendeinem bestimmten Zweck. Das Quad donnerte davon und Arabella hielt sich zaghaft an Deans Hemd fest, doch blieb seinem Körper fern.

Das gefiel seiner Bestie.

An ihr reiben. Die Lösung seines Tiers, wenn es darum ging, sicherzustellen, dass sie den richtigen Geruch trug. Aber zumindest war Reiben besser als Pinkeln. Ja, er hatte die Story von Lunas Exfreund und seiner schwachen Blase gehört.

Arabella immer im Auge behaltend, folgte Hayder mit geschärften Sinnen ihrer Flucht. Seine Ohren waren nach vorne gerichtet und lauschten nach Geräuschen. Immer wenn er versteckte dunkle Orte im Wald bemerkte, sprang er hinein und suchte nach möglichen Feinden. Doch sie erwiesen sich als leer und harmlos, auch wenn er einmal ein paar Hasen aufschreckte, große flauschige, die seine katzenhafte Seite in Versuchung führten.

Keine Zeit, um Essen zu jagen. Wir müssen Eindringlinge jagen.

Er rannte weiter und suchte nach Gefahren, doch bis auf Dean, der Hayders Frau begrabschen könnte, gab es nichts, was einer sicheren Rückkehr zur Farm im Weg stand.

Schade. Sein armer enttäuschter Löwe trottete wieder zurück auf seinen Platz in Hayder. Katzenhafte Gestaltwandler hatten es so viel einfacher als andere, da ihre tierische Seite ziemlich genügsame Kreaturen waren, die nichts gegen einen kurzen Moment des Herumtobens gefolgt von einer langen Ruhepause – auf einem weichen Kissen in der Sonne – hatten.

Ein paar weitere Quads standen vor dem Landhaus und Dean stellte seines daneben ab. Arabella hüpfte sofort herunter und obwohl einige Leute herumschlenderten, suchte ihr Blick sofort nach ihm. War es arrogant von ihm zu glauben, dass er sehen konnte, wie Erleichterung die Anspannung in ihrem Körper löste, als sie ihn erblickte?

„Hayder. Alter. Du hast wohl deine Hose verlegt", sagte einer der anwesenden Kerle. Angesichts der Ansammlung von Gestaltwandlern erweckte dieser Kommentar hier nicht so viel Aufmerksamkeit, wie er es anderswo gemacht hätte. Er nahm sich einen Augenblick, um die Menge abzusuchen. Ein paar der Aufpasser der Ranch – Polly, Ken, Horace. Und dann war da noch Lawrence, der auf einem Quad saß, über dessen Rücksitz ein ziemlich bewusstloser Wolf hing.

Angesichts der Unterhaltung, die er zuvor mit seinem Gemächt geliefert hatte, nahm sich Hayder die Zeit, sich seine Klamotten zu schnappen und sich anzuziehen, bevor er sich zu den anderen gesellte. Er schlich sich zu Arabella, die etwas außerhalb der Gruppe stand, die gerade darüber diskutierte, was sie herausgefunden hatte – nicht wirklich viel.

Zu seinem Ärger stand sie nicht alleine. Dean hatte sich absichtlich neben sie gestellt. Schubste er Dean etwas zu sehr – und benutzte sogar beide Hände –, um ihn wegzustoßen? Ja. Und es funktionierte.

Er nahm den Platz neben Arabella ein und seine Männlichkeit war beschwichtigt.

Und dann wurde sie in Stücke zerfetzt, als Arabella in

lautes Niesen ausbrach. Gewaltiges Niesen, das nachließ, sobald sie sich von ihm entfernte.

Dean wagte es zu lachen. Hayder gab ihm keine Vorwarnung. Seine Faust bewegte sich eigenständig auf Deans Gesicht zu und traf.

Klatsch.

Dieser unkontrollierbare Reflex brachte den großen Tiger kaum ins Wanken, doch Dean rieb sich am Kinn und warf ihm einen unheilverheißenden Blick zu. „Wofür zum Teufel war das?"

„Muskelzuckung." Hayder hob entschuldigend die Schultern und lachte fast, als Dean knurrte. Doch der andere Mann war nicht so dumm, sich mit dem Beta des Rudels anzulegen, besonders nicht vor Zeugen.

„Wie viele Teams sind noch draußen?", fragte Hayder, als er die Köpfe zählte und realisierte, dass immer noch eine Handvoll fehlte.

„Es sind noch drei Teams unterwegs. Eines verfolgte ein weiteres Paar Wölfe, ist aber auf Probleme gestoßen, als Darcy betäubt wurde."

„Die Eindringlinge schießen mit Betäubungspfeilen? Auch der, den Lawrence gefangen hat?"

Immer noch auf seinem Quad sitzend, hob Lawrence mit einer Hand ein Gewehr und mit der anderen ein paar fedrige Geschosse hoch. „Das habe ich bei dem Kerl gefunden, den ich erwischt habe. Ich habe sie an ihm ausprobiert und sie haben ihn umgehauen. Aber er atmet noch."

„Also wollten sie dich nicht töten."

„Hey, denkst du, dass diese Collegegirls wieder in der Stadt sind?"

Und bevor jemand denkt, dass jemand das Thema wechseln wollte, sollte angemerkt werden, dass er vor ein paar Jahren die Aufmerksamkeit einiger Tigerinnen auf sich gezogen hatte. Aggressive junge Damen, die ihn betäubt hatten. Als er dann schließlich erwacht war ... Sagen wir einfach, ihre Vorstellung von Schmerz und Folter umfasste Federn und essbare Öle.

„Benutz deinen Kopf, Joey. Warum sollten diese Mädchen Wölfe schicken, um ihr Vorhaben zu erledigen?"

Der arme Joey musste darüber nachgrübeln.

Hayder seufzte fast laut. „Die Wölfe sind wegen Arabella hier. Es gibt da ein paar Probleme mit ihrem alten Rudel. Ich bin überrascht, dass ihr es noch nicht gehört habt."

Dean runzelte die Stirn. „Haben wir, aber wir haben uns nicht viel dabei gedacht. Was für Idioten würden ein Mädchen verfolgen und dadurch einen Krieg riskieren?"

„Ein verdammt dreister Haufen Lykaner, wenn du mich fragst." Lawrence nahm kein Blatt vor den Mund.

„Und was bedeutet das jetzt?"

Hayder starrte zwar auf ihren Gefangenen, als er sprach, aber alles, was er sah, war sein Baby, das in Gefahr war.

Das würde er nicht dulden.

„Das bedeutet, es ist an der Zeit, dass wir ihnen zeigen, dass sie sich mit dem falschen Löwenrudel angelegt haben." Die Jagd begann. *Rawr.*

Kapitel 14

DER DRANG SICH ZU VERSTECKEN HIELT WEITER AN.
Verstecke dich. Bevor du verletzt wirst. Such Schutz.
Anstatt davonzustürmen, umarmte Arabella sich selbst. Doch auch das ließ das Zittern in ihr nicht verschwinden.

Einen Augenblick lang, mit Hayder im Wasser und auf dem Feld, war sie unachtsam gewesen. Sie hatte sich erlaubt herumzutollen, als müsste sie sich um nichts Sorgen machen. Sie hätte es besser wissen sollen. Das Karma war nicht zaghaft, wenn es sie für ihre Kühnheit ohrfeigte. *Wie konnte ich das Drama nur vergessen, das mir folgt? Das Übel.*

Ein Übel, das Hayder bedrohte.
Tut ihm nicht weh. Sonst ...
Wie aggressiv ihre Gedanken waren, wenn es um seine Sicherheit ging. Und doch, wenn ihre in Gefahr war, wollte sie weglaufen oder sich verstecken, alles tun, um möglichen Schmerz zu vermeiden.

Sie hätte wachsam sein sollen, anstatt herumzutoben.
Aber es fühlte sich so schön an.
Das hatte es. Es war so schön gewesen, herumzulaufen

und zu spielen. Aber noch schöner war der Kuss, den sie mit Hayder ausgetauscht hatte. Ein Kuss, der so glühend, so richtig war, dass er zu mehr geführt hätte, dessen war sie sich sicher.

Sie konnte so sehr protestieren wie sie wollte, dass sie nicht bereit für eine Beziehung war. Ja, es war zu früh. Und ja, ihr Leben war ein Durcheinander. Doch es war egal. Wenn Hayder sie berührte, wollte sie einfach mehr. Mehr von ihm. Von seiner Berührung. Von seiner Zuneigung.

Ich will alles.

Der Angriff beendete diese Dummheit. *Kein Happy End für mich.* Das Rudel zeigte eine Entschlossenheit, die selbst sie nicht erwartet hatte. Ihre Hartnäckigkeit schien auch Hayder zu überraschen, der die Beweise des Angriffs studierte, wobei seine Augenbrauen immer weiter nach oben zuckten, bis sie praktisch unter den Haaren verschwunden waren, die in seine Stirn fielen.

„Was meinst du, wie sie es geschafft haben, unsere verdammten Kameras auszuschalten?"

„Sie haben den Transformator ein paar hundert Meter die Straße hinauf hochgejagt. Wir hatten keinen Strom."

„Was ist mit dem verdammten Generator?", fragte Hayder.

„Er sprang nicht an, so wie er eigentlich sollte. Wir sehen ihn uns gerade an, um herauszufinden, was damit nicht stimmt."

Hayder rieb sich mit einer Hand übers Gesicht und knurrte frustriert. „Sie haben diesen Angriff gut geplant. Zu gut, was die Frage aufwirft, wie ihr wusstet, dass ihr mir zu Hilfe kommen solltet, wenn ihr keine Augen und Ohren hattet?"

Dean räusperte sich. „Wussten wir nicht, aber ich dachte mir, dass irgendetwas faul war, wenn beide Systeme gleichzeitig ausfielen. Ich habe mich mit Lawrence und den anderen freiwillig gemeldet, um den Perimeter abzusuchen. Dabei haben wir dich gefunden, wie du von dem Wolf beschossen wurdest."

„Sein Name ist Sam", warf Arabella ein.

„Du kennst ihn?"

Unbehaglich, da so viele Augen auf ihr lagen, kämpfte Arabella gegen den Drang zu fliehen an. Die Hände fest zusammengepresst zwang sie sich, den Kopf nicht einzuziehen, und nickte. „Ich kenne ihn nicht sehr gut, aber ich habe ihn schon ein paarmal gesehen. Er ist der Beta des High Hills Rudels." Was sie nicht verstand, war sein Motiv.

Hayder grübelte offensichtlich ebenfalls. „Was zum Teufel macht der Beta des High Hills Rudels hier? Er ist weit weg von zuhause. Und ziemlich mutig, wenn er uns auf unserem eigenen Grund angreift. Wenn er aufwacht, hat er besser ein paar Antworten auf unsere Fragen. Besteht die Möglichkeit, dass er für dein altes Rudel arbeitet, Baby?"

„Baby." Dean kicherte und tanzte nach rechts, als Hayder mit geballter Faust in seine Richtung schlug.

Er verfehlte ihn und wie eine Katze tat Hayder gelassen so, als würde er sich lediglich strecken.

Sie verkniff sich ein Lächeln. „Ich denke, diese Kerle könnten mit meinem alten Rudel zusammenarbeiten. Aber ich sehe nicht, wieso. Sie sind schon jahrelang Rivalen."

„Vielleicht hat dein Rudel um Hilfe gebeten?"

„Das bezweifle ich. Mein Rudel bittet normalerweise nicht um Hilfe."

Aber wie sich herausstellte, war Hilfe nicht der Grund, warum Sam angegriffen hatte. Während Arabella in der Küche saß, aß und sich mit einigen der hier lebenden Löwen unterhielt, befragten Hayder und einige der anderen Katzen ihren Gefangenen. Mit welchen Mitteln, fragte sie nicht.

Mitgefühl war für Opfer, nicht für fremde Angreifer.

Was auch immer die Antworten waren, die sie bekommen hatten, Hayder kam mit ernstem Gesicht zu ihr und befahl knapp: „Steig ins Auto. Wir fahren wieder in die Stadt."

Die Reifen drehten durch und Kies wurde aufgewirbelt, als er eine scharfe Rechtskurve auf die Hauptstraße zurück in die Stadt machte. Sie schwieg und klammerte sich an ihrem Sitz fest. Hayder bebte fast vor Emotionen. Aber nicht irgendwelche Emotionen … Wut!

Nicht gut. Nicht gut.

Sie wusste, was passierte, wenn Männer wütend waren und ein Ventil für ihre Wut brauchten.

Hayder knurrte. „Keine Angst."

„Habe ich nicht", log sie.

„Diese Kerle werden dir nie wieder nahe kommen. Es tut mir leid. Ich habe vorhin Mist gebaut. Das wird nicht wieder passieren."

„Du entschuldigst dich?" Ihr Mund formte ein rundes O und urplötzlich war ihre Angst verschwunden. Wie konnte sie nur denken, dass Hayder ihr je wehtun würde? Er war nicht Harry. Er war nicht wie die Männer in ihrem alten Rudel. „Du musst dich nicht entschuldigen. Ich muss. Einen Moment lang habe ich vergessen, was du mir bis jetzt gezeigt hast, und ich habe dich mit den Arschlöchern aus meinem alten Rudel in einen Topf geworfen."

Seine Lippen verkrampften. „Vergleich mich nie mit denen. Ich bin rein gar nicht wie diese ehrlosen Köter."

„Ich weiß. Das ist der Grund, warum ich mich entschuldige. Nächstes Mal, wenn du so aufgebracht aussiehst, sage ich dir einfach, dass du dich beruhigen sollst."

„Aufgebracht? Ich bin stinkwütend. Erzürnt. Nichts so Entmannendes wie aufgebracht."

„Du bist ein wirklich seltsamer Mann, Hayder."

„Es heißt faszinierend, Baby. Denk einfach, wie viel Cooles du noch über mich erfahren kannst."

„Ich denke nicht, dass Bescheidenheit ein Teil davon ist?" Sie konnte nicht widerstehen, ihn zu necken, besonders da sein antwortendes Grinsen ein so warmes Gefühl in ihr hervorrief.

„Ehrlichkeit ist eine meiner Tugenden. Es macht keinen Sinn die Wahrheit zu verheimlichen. Ich bin genial."

Wieder brachte er sie zum Lachen, doch die gute Stimmung konnte nicht ewig andauern, und sie war diejenige, die sie zerstörte, indem sie mehr von der Wahrheit wissen wollte.

„Warum warst du so wütend?", hakte sie nach.

Sein Gesichtsausdruck war schwer zu lesen und nicht nur weil die Schatten im Auto ihn verhüllten und er nur gelegentlich durch die Lichter der entgegenkommenden Fahrzeuge erhellt wurde. Er fuhr einhändig mit der linken Hand am Steuer. Sein rechter Arm bewegte sich über die Armlehne und seine Hand landete auf ihrem Oberschenkel. Er drückte ihr Bein, nicht auf sexuelle Weise, sondern eher, um sie zu beruhigen. Ein *Hey, ich bin hier, also flipp nicht aus.*

„Du musst mir versprechen, keine Angst zu bekommen, wenn ich es dir sage."

„So schlimm?" Sie wartete auf ein Zittern, aber durch Hayders warme Hand auf ihr blieb sie entspannt.

„Hängt davon ab, was du als schlimm bezeichnest. Es scheint so, als hätte uns dieser Sam-Typ angegriffen, weil sein Alpha es befohlen hat."

„Sind sie verrückt?" Der Aufschrei brach aus ihr heraus, aber sie machte sich keine Sorgen, dass er sie bestrafen würde. Sie fing an zu verstehen, dass Hayder nicht nur eine andere Art von Gestaltwandler war, sondern auch eine andere Art Mann. Jemand, der Dialog und Meinung wertschätzte, selbst von einer Frau.

„Offensichtlich haben sie ein paar Schrauben locker, aber ihre Hauptmotivation scheint Gier zu sein. Oder genauer, Hunger nach Geld und Macht." Er wandte seinen Blick von der Straße zu ihr und fixierte sie mit seinen goldenen Augen. „Wie viel Geld hast du eigentlich, Arabella?"

Sie rutschte auf ihrem Sitz herum. Da sie seinen Blick nicht halten konnte, starrte sie stattdessen auf ihre Finger in ihrem Schoß. „Sagen wir einfach, dass der Anwalt sagte, dass ich nie wieder arbeiten müsste und so verschwenderisch leben könnte, wie ich wollte, ohne dass es einen Unterschied machen würde."

Er ließ einen leisen Pfiff los. „Wenn man zu dem Reichtum auch noch den Platz des Alphas in deinem alten Rudel zählt, bist du nicht nur ein Preis für die Männer in den Northern Lakes, sondern auch noch für jedes Rudel in den umliegenden Staaten. Der Rat der Lykaner" – eine vom Hohen Rat, der über alle Gestaltwandler herrschte, eigenständige Gruppe – „hat verkündet, dass jeder um die Position in deinem Rudel wetteifern darf."

„Warum sollten sie das tun?"

„Sie haben den Bedarf einer neuen Führungsrichtung als Grund angegeben. Anscheinend denken sie, dass niemand in deinem alten Rudel für die Position geeignet ist. Indem jeder um die Position wetteifern darf, hoffen sie neues Blut hineinzubringen und eine Veränderung heraufzubeschwören."

„Das ist alles schön und gut, aber was hat das mit mir zu tun?"

„Der Rat der Lykaner wollte den Anreiz vergrößern, also haben sie die Tatsache verlauten lassen, dass du Harrys Erbin bist."

„Sie haben mich zu einem verdammten Preis erklärt?" Sie war es gewohnt gewesen, von Harry als Besitz angesehen zu werden, aber von einem Haufen Leute zu einem Handelsobjekt verdammt zu werden? Das traf sie sehr. *Ich darf mir nicht von ihnen wehtun lassen.* Sie musste die Worte laut ausgesprochen haben, da er ihr antwortete.

„Sieh es nicht als Beleidigung, Baby. Ja, du bist ein Preis, ein unbezahlbarer und extrem wertvoller. Ich würde alles tun, um dich zu beschützen. Und ich würde es nicht wegen deines Reichtums oder der Position des Alphas tun. Du bist das Wertvollste auf der Welt für mich."

War es heiß im Auto, denn sie schmolz gerade dahin. Nie hatte jemand etwas so Schönes zu ihr gesagt.

„Du sagst immer das Richtige."

„Ich sage es nicht nur, Baby. Ich handele auch danach. Das wirst du mit der Zeit noch sehen."

„Falls ich Zeit habe."

„Du bekommst diese Zeit. Keine Sorge." Sein Drücken ihres Schenkels gab ihr etwas Bestätigung, doch es waren seine vehementen Worte, die sie am meisten erwärmten. „Ich werde sie dich nicht mitnehmen lassen, Baby. Ich werde sie mit bloßen Händen in Stücke reißen, wenn ich muss."

„Aber wie lange?" Wie lange würde sie mit dieser Gefahr leben? Würden die Lykaner aufhören, sobald bei Vollmond ein neuer Anführer gewählt wurde, oder würden sie sie weiterhin verfolgen, entschlossen, ihren Reichtum in ihre dreckigen Pfoten zu bekommen? „Ich will mich nicht mein ganzes Leben lang verstecken oder bei jedem Schatten zusammenzucken."

„Wir könnten das alles sofort beenden." Seine Worte, gesprochen beim Nehmen einer Kurve am Rand einer Klippe, erwiesen sich nicht als sehr beruhigend.

Arabellas Hände klammerten sich in den Sitz, als sie in die schwindelerregende Tiefe blickte. *Sicher will er doch nicht andeuten ...* „Ich denke nicht, dass ich schon bereit bin zu sterben."

Gelächter erfüllte das Auto, leise und rau, und sie wollte hoffen, dass es kein böses Lachen war, kurz bevor er das Steuer verriss und sie über die Klippe schickte. „Oh, Baby, nicht diese Art von Ende. Ich meinte, wir könnten diese Probleme mit den Wölfen beenden, indem wir dafür sorgen, dass du nicht mehr verfügbar bist. Wenn du bereits vergeben bist, dann müssen sie ihre Bemühungen aufgeben."

„Vergeben? An wen?"

Er schnaubte. „Musst du das wirklich fragen? Ich sagte es dir heute Morgen und ich sage es dir erneut. Du bist meine Gefährtin."

Wie richtig es klang, wenn er es sagte, aber war sie nicht das naive Mädchen, das schon einmal auf die schmeichelnden Worte eines Mannes hereingefallen war? „Wie kannst du dir sicher sein? Wir gehören nicht einmal zur selben Gattung."

„Und?"

„Ich bin allergisch auf dich."

„Aber es wird schon besser. Sieh uns an, zusammen in einem Auto und du hast noch nicht einmal geniest."

Wie schnell er ihren Anfall vergessen hatte, als er sie umarmt hatte, bevor er Sam zu verhören begann. Sie bemerkte, dass er nicht länger dasselbe Shirt trug – ein

Resultat der vielen Niesanfälle oder weil das andere vom Verhör blutbefleckt gewesen war?

„Bei gemischten Paarungen kann es Probleme mit Unfruchtbarkeit geben." Kinder, etwas, was sie mit Harry immer bemüht vermieden hatte. Ohne Wissen ihres toten Gefährten hatte sie sich die Spirale einsetzen lassen. Auch wenn sie sich ihrem Schicksal ergeben hatte, weigerte sie sich, einen Unschuldigen dem auszusetzen.

„Dann adoptieren wir. Oder sorgen stellvertretend für die Kinder anderer Leute. Im Rudel gibt es genügend Wadenbeißer, die wir verhätscheln und ausborgen können. Ich weiß, dass Tante Hilda gerne ein paar ihrer Nachkommen abgeben würde, um mal eine Pause zu bekommen."

Er machte es so einfach. Verlockend. „Du hast auf alles eine Antwort."

„Bis auf die eine Sache, die ich dich gefragt habe. Willst du meine Gefährtin sein?"

Ein fester Biss auf ihre Zunge verhinderte das Ja. Sie sollte nichts überstürzen. Sie brauchte Zeit, um nachzudenken. „Was, wenn ich nein sage?" Würde er sie zwingen?

„Dann maunze ich draußen vor deiner Tür und sehe dich mit meinen großen Katzenaugen an, bis du schwach wirst und ja sagst. Was du übrigens auch schreien wirst, wenn wir endlich alleine sind und ich beende, was wir heute angefangen haben."

Wie gemein, sie an den Kuss zu erinnern. Diesen dekadenten, glühenden Kuss. Oh Gott.

„Ich – Ich –" Die angemessene Antwort auf seine Frage *Willst du meine Gefährtin sein?* war nein. Sie sollte all die triftigen Gründe aufzählen, warum sie ablehnen sollte. Und doch ... sie wollte ja sagen.

Er ist unser. Wir sollten ihn für uns beanspruchen.

Als würde sie auf ihre andere Hälfte hören, die entschieden hatte, sich vor der Welt zu verstecken.

Ich musste mich verstecken. Besser so. Alles ist meine Schuld.

Arabella hätte alles noch weiter hinterfragt, doch sie kamen vor dem Wohngebäude des Rudels zum Stehen und ein Parkwächter öffnete ihr die Tür.

Dann war sie von Katzen umringt. Aufgeregten Katzen, die sie mit Fragen überschütteten.

„Stimmt es, dass euch jemand auf der Ranch angegriffen hat?"

„Hat jemand schon Anspruch auf den Wolf erhoben, den sie gefangen haben?"

„Lässt dieser Nagellack meine Finger fett aussehen?" Diese Frage war nicht direkt an sie gerichtet, aber sie war die einzige, auf die Arabella eine Antwort hatte.

„Ich denke, er ist schön."

„Ladys. Wenn ihr nichts dagegen habt, Arabella muss sich nach ihrer erschütternden Flucht ausruhen. Aber bleibt auf der Hut. Patrouilliert aufmerksam. Die Wölfe haben uns den Krieg erklärt und wir müssen ihnen zeigen, warum das eine verdammt dumme Idee war."

Jubel folgte auf seine Ankündigung.

Hayder legte einen Arm um ihre Taille und steuerte sie durch die neugierige Menge. Der Lärm, so freundlich wie er war, erinnerte Arabella daran, wie sehr sich das Löwenrudel von ihrem unterschied.

„Sind die Frauen immer so?"

„Wie? Laut? Aufdringlich? Gewalttätig? Ja zu allen drei." Wie stolz er klang.

„Das stört dich nicht?"

Er runzelte die Stirn. „Warum sollte es mich stören? Sie sind einfach sie selbst. Hin und wieder macht es mich verrückt und Privatsphäre ist etwas, was sie nicht respektieren, aber das macht sie so wertvoll für mich. Füreinander. Wir respektieren unsere unterschiedlichen Persönlichkeiten. Wir begünstigen Stärke, besonders, wenn es um die Familie geht. Wir sind nicht nur ein Löwenrudel. Wir sind stolz. Rawr."

Sein unechtes Brüllen brachte sie zum Lächeln. „Du lässt das so einfach klingen."

„Das ist es. Wir sind das. Was der Grund ist, aus dem du zu uns gehörst. Oder genauer, zu mir."

Unnachgiebigkeit war ein weiterer Charakterzug, den die Löwen im Überfluss hatten. Hayder wirkte fest entschlossen, sie dazu zu bewegen, seine Gefährtin zu werden.

Die Frage war, würde sie es wagen?

Vor langer Zeit hatte sie gedacht, dass sie ihre Entscheidung verstand. Sie hatte es vermasselt.

Aber gib es zu, du hast die Zeichen gesehen. Du hast dich nur entschlossen, sie zu ignorieren.

Genau wie sie aktuell ihn ignorieren musste, um nachzudenken.

Als sie die Schlafzimmertür schloss und Hayder – und die Versuchung, die er darstellte – zurückließ, lehnte sie sich dagegen und konnte nicht anders, als zurückzudenken.

Ja, sie hatte die Zeichen gesehen, dass Harry eine dunkle Seite hatte. Sein hitziges Gemüt, wenn Dinge nicht nach seinem Willen verliefen. Die rauen und sexistischen Äußerungen, die sie willentlich ignoriert hatte.

Doch seine wahre grausame Ader zeigte sich erst, als er sie beschwatzt hatte, ihn zu heiraten, und sie dann zu seinem Rudel gebracht hatte.

Die erste Ohrfeige wegen eines verbrannten Stücks Bacon erwies sich als Schock. Die ersten Schläge, weil sie es gewagt hatte ihm zu sagen, dass ihr nicht gefiel, wie er sie behandelte, noch mehr.

Bitte tu mir nicht weh.

Eine Bitte, die nichts erreicht hatte.

Aber das alles war eine Erinnerung daran, dass sie ihrem Urteilsvermögen nicht trauen konnte. Sie sollte nichts überstürzen.

Und es waren diese Gedanken, die ihr im Kopf herumkreisten, als sie einschlief – und in ihren Alptraum eintauchte.

Kapitel 15

Hayder wanderte in Arabellas Wohnzimmer auf und ab. Es brachte ihn um, zu wissen, dass sie alleine mit ihren Gedanken war. Er hatte ihre innere Unruhe gesehen, eine Unruhe, die er gehofft hatte zu beenden, indem er sie bat, seine Gefährtin zu werden.

Aber sie hatte nicht geantwortet. Sie hatte ihn im Ungewissen gelassen und er fragte sich, was sie dachte und fühlte.

Hat sie mich gern?

Er könnte schwören, dass sie das tat. Die Erinnerung daran, wie sie am Wasserfall in seinen Armen dahingeschmolzen war, erregte ihn schnell. Einen kurzen Augenblick lang hatte er einen Schimmer der Arabella gesehen, die sich in ihr versteckte, der Freigeist mit einer Leidenschaft fürs Leben.

Einer Leidenschaft für ihn.

Sie begehrte ihn. Daran bestand kein Zweifel, aber sie hatte so verdammt viel Angst, dass er sich in ein Arschloch verwandelte, dass sie sich zurückhielt.

Gib ihr Zeit. Sie hatte recht, als sie sagte, dass sie ihn kaum kannte. Es war erst ein paar Tage her, seit sie sich kennengelernt hatten. Zeit genug für ihn, sich Hals über Kopf in eine Ehe mit ihr zu stürzen. Sie hingegen sträubte sich.

Aber sie wurde langsam weich. Die ängstliche, zitternde Kreatur, die er anfangs kennengelernt hatte, zeigte Indizien dafür, dass sie aus ihrer Schale herausbrechen wollte. Er musste ihr nur Zeit geben.

Zeit alleine, was bedeutete, dass er wieder auf der verdammten Couch liegen musste – trauriges Miau – mit einer verdammten Erektion, die nicht verschwinden wollte.

Vielleicht sollte er es mit einer kalten Dusche versuchen? Oder, noch besser, mit der kalten Realität eines klingelnden Telefons, aus dem, als er ranging, ein bellendes „Wo zum Teufel bist du?" dröhnte.

„Auf der Couch. Wo bist du?"

„In meiner Wohnung. Ich warte auf deinen Bericht."

„Bitte, als würdest du nicht bereits jedes einzelne Detail kennen. Außerdem werde ich hier gebraucht, um sicherzustellen, dass Arabella okay ist."

„Und, ist sie es?"

„Ja." Körperlich vielleicht, aber emotional war es immer noch ein weiter Weg.

„Ihr wird es hier gut gehen. Hetz Luna auf sie, während du bei mir aufschlägst."

„Nein. Ich werde deinen Rat befolgen und anfangen, das Telefon zu benutzen, anstatt immer zu dir zu laufen. Genau wie jetzt. Hey, Boss, hier ist dein Beta mit einem Bericht." Er widerstand dem Drang, ein statisches Geräusch zu machen und hinzuzufügen: *Big Kitty, over*. Sein Codename, als er bei der Army war.

„Hayder, du bringst mich in Versuchung, zu dir zu marschieren und dir in den Arsch zu treten."

„Aber das würde bedeuten, dass du Kira so spät in der Nacht alleine lassen müsstest. Ich weiß, dass sie früh zu Bett geht. Willst du wirklich so viel Zeit vergeuden, wenn wir es einfach übers Telefon besprechen können?"

Ein Seufzen. „Gut. Leg los. Ich habe ein paar Geschichten gehört, aber ich will es aus deiner Perspektive hören."

„Wir wurden angegriffen."

„Ich kann immer noch nicht glauben, dass sie es gewagt haben!" Die gebrüllten Worte versetzten das Telefon an Hayders Ohr in Vibrationen.

„Ja, mir geht es genauso. Aber Tatsache ist, dass der Rat der Lykaner beschlossen hat, Arabella eine riesige Zielscheibe auf den Rücken zu malen."

„Ich kann nicht glauben, dass der Rat der Lykaner das stillschweigend gutheißt", knurrte Arik. „Ich habe beim Hohen Rat eine Beschwerde eingereicht."

Aber würde das Gremium rechtzeitig antworten, um zu verhindern, dass diese Sache weiter eskalierte? Gerade herrschte Krieg.

Löwe gegen Wolf. Es würde hässlich werden, außer ...

„Ich habe eine Lösung", verkündete Hayder.

„Sie alle töten und ihnen zeigen, warum man sich nicht mit einem Löwenrudel anlegt." Die Ladys unten hätten sicherlich gejubelt, doch Hayder sah den Fehler in diesem Plan.

„Guter Plan, bis auf all das Blut und die Leichen." Im modernen Zeitalter war es nicht so einfach, Leute verschwinden zu lassen, nicht wenn Regierungsbehörden wie das Finanzamt sie suchten und die Polizei auf die Wissenschaft zurückgreifen konnte, um Verbrechen aufzuklären. „Eigentlich dachte ich daran, dass sie mit ihren

Angriffen aufhören müssen, wenn Arabella nicht mehr zur Verfügung stehen würde."

„Du willst das Mädchen umbringen? Ich dachte, du magst sie."

Er schnaubte und verdrehte die Augen. „Ja, ich mag sie. Und ich deute nicht an, sie zu töten. Wieso denken du und Arabella, dass das die einzige realistische Lösung ist? Ich spreche davon, sie zu meiner Gefährtin zu nehmen."

„Du meinst, du willst das Mädchen heiraten?" Ein erleichtertes Stöhnen. „Nun, das macht mehr Sinn, wenn es auch etwas drastisch ist. Musst du wirklich auf Ketten zurückgreifen? Autsch." Eine Hand dämpfte den Hörer, doch Hayder hörte es trotzdem. „Beruhig dich, Maus. Ich habe das nur als Scherz gesagt. Ich liebe es, verheiratet zu sein." Arik lachte, als Kira ihm mit Wachsstreifen drohte. Die Hand über der Sprechmuschel bewegte sich, als Arik wieder ans Telefon ging. „Okay, also heiratest du das Mädchen. Bist du sicher, dass sie das aufhalten wird? Sie könnten sich entscheiden, dich zu töten und sie sich zu nehmen."

„Mich töten?", Hayder schnaubte. „Bitte keine Beleidigungen."

Arik lachte. „Sorry. Ich konnte nicht anders. Aber ernsthaft, sie zu deiner Gefährtin zu nehmen ist vielleicht nicht genug. Sieh dir an, was sie schon alles unternommen haben. Das sind mehr als ein oder zwei Typen, die Arabella jagen. Hier ist eine ganze Gruppe am Werk und deshalb müssen wir Vorkehrungen treffen, besonders, da sie in unser Territorium eingedrungen sind."

„Sollen wir sie aufscheuchen?"

„Ja. Wir müssen ein Exempel an denen statuieren, die denken, sie könnten uns ungestraft angreifen. Wir dürfen keine Gnade zeigen, wenn wir gegenüber den anderen Rudeln unsere Stärke beweisen wollen."

Ein paar Minuten lang diskutierten sie die Strategie. Praktisch würde es darauf hinauslaufen, die Löwinnen loszulassen und sie die Wölfe aufspüren zu lassen, die nicht zu Jeoff gehörten. Sie sollten freie Hand haben, solange sie nicht gefasst wurden oder Beweise zurückließen.

Das war der erste Entwurf. Die weiteren Details würden warten müssen, denn ein Wimmern drang aus dem Schlafzimmer.

Dieses Mal war Hayder bereit dafür. „Ich muss los."

Er legte auf und warf sein Handy auf die Couch, bevor er schnurstracks in Richtung Schlafzimmer lief. Die Tür war repariert worden, während sie weg waren, doch es bedurfte nur eines festen Tritts, den Türstock zu zersplittern und ihm Zugang zu gewähren.

Er vergeudete keine Zeit damit, sich auszuziehen, obwohl er seine Schuhe von sich trat, bevor er zu Arabella ins Bett kletterte. Sie schlug unter den Laken um sich und ihr Gesicht verzog sich zu einer Grimasse aus Angst und Schrecken. Sie keuchte und ihre Atmung vermischte sich mit panischem Wimmern.

Er zog ihren zitternden Körper in seine Arme und hielt sie fest an sich, bis ihr Zittern sich linderte. Dann strich er mit seinen Lippen über ihre Augenbrauen und hörte nicht auf, selbst als ihre Atmung sich wieder beruhigt hatte.

Er bemerkte den Augenblick, in dem sie aufwachte, da sie sich in seinen Armen versteifte und dann entspannte.

„Hayder?"

„Hast du jemand anderen erwartet?"

„Ich will nur sichergehen, da ich nicht niese."

Er kam nicht umhin, über ihre unerwarteten Worte zu

lachen. „Ich sagte dir doch, dass es besser wird, je mehr Zeit wir miteinander verbringen."

„Hast du die Tür wieder aufgebrochen?"

„Du hättest sie nicht abschließen sollen."

„Das habe ich nicht."

„Oh." Er hatte nicht daran gedacht, nachzusehen. „Ups?"

Er liebte ihr leises Lächeln. „Ich bekomme besser keine Rechnung dafür."

„Keine Sorge. Wir haben Hausmeister, die sich um solche Dinge kümmern. Einige Mitglieder des Rudels können etwas ungestüm werden, also sind Reparaturen hier an der Tagesordnung."

Sie antwortete nicht und einige Minuten vergingen. Sie blieb in seinen Armen, ihr warmer Körper war wieder nur von einem T-Shirt und einem Höschen bedeckt. So wenig, was sie voneinander trennte. Seine eigene Kleidung fügte eine weitere Schicht hinzu. Doch das stoppte die Hitze nicht, die sich zwischen ihnen aufbaute.

Wie sehr er sie brauchte.

Es war an der Zeit, seine Tricks auszupacken. „Wir sollten noch einmal über diese Heiratssache reden. Besonders die Pros." Pro Nummer eins, sie bekam ihn. Komisch, wie er wetten könnte, dass dasselbe Pro auch ganz oben auf der Kontraliste stehen würde.

Sie seufzte. „Können wir nicht einfach ein wenig so liegen bleiben?"

„Du kannst das für immer haben, wenn du nur das Wort sagst." Hartnäckig, das war er.

„Wie wäre es mit dem Wort vielleicht?"

Er blinzelte. Sein Löwe blinzelte. Er dachte über ihre Antwort nach und platzte schließlich heraus: „Vielleicht?

Das ist alles, was ich bekomme?" War er ein wenig beleidigt? Sehr sogar.

„Ich mag dich. Sehr. Aber ich habe Angst. Angst davor, erneut die falsche Entscheidung zu treffen. Alles geschieht so schnell. Ich habe das Gefühl, dass ich dich kaum kenne. Und doch fühle ich mich gleichzeitig, als würde ich dich schon ewig kennen. Ein Teil von mir will ja sagen. Aber ..." Sie verstummte.

Jetzt war er an der Reihe zu seufzen. „Aber du brauchst Zeit."

„Das tue ich, aber ich weiß nicht, ob ich sie bekomme. Nicht wenn alle Rudel hinter mir her sind."

„Sie werden dich nicht bekommen. Wenn du Zeit brauchst, dann besorge ich dir etwas Zeit. Ich will nicht, dass du ja sagst, weil du denkst, du müsstest. Ich will, dass du ja sagst, weil du mich willst."

„Ich will dich." Das Geständnis ließ ihn ein leises mentales Brüllen ausstoßen. „Ich weiß einfach nicht, ob ich mit *für immer* zurechtkomme."

„Dann lass mich dir ein *für den Moment* geben."

„Was ist ein für den Moment?"

Er zeigte es ihr, indem er seinen Kopf senkte, bis seine Lippen über ihre streichen konnten. Ihr Atem stockte. Er küsste sie erneut. Dieses Mal trennte er den Kuss nicht. Mit einem leisen Stöhnen öffneten sich ihre Lippen und er kostete sie, neckte sie, während ihre Zungen sich in einem sinnlichen Tanz wanden.

Ihr Körper wölbte sich gegen ihn und er genoss es. Er ließ seine Hand in kreisenden Bewegungen von ihrem Rücken hinab zu ihrem Po gleiten. Ihre Atmung stockte, als er seine Hand unter den Stoff schob und das weiche Fleisch darunter umfasste.

„Wir sollten jetzt aufhören", murmelte sie zwischen den Küssen.

„Oder du kannst mir vertrauen. Lass mich dich befriedigen."

„Aber –"

Sein Mund wanderte von ihren süßen Lippen zu ihrer Ohrmuschel, wo er flüsterte: „Keinen Anspruch erheben. Nur Vergnügen. Vertrau mir, Baby."

„Ich will dir vertrauen."

„Dann lass mich dir zeigen, wie das möglich ist." Er zog mit den Zähnen an ihrem Ohrläppchen.

Sie rang nach Luft, als Hayder das Fleisch ihres Pos knetete, das so weich und seidig war. Wie sehr er seine Zähne hineingraben und daran knabbern wollte.

Mmm, wenn er an knabbern dachte, konnte er nicht anders, als sich an das perfekte Paar aus Beeren zu erinnern, das er an diesem Nachmittag gekostet hatte.

Will es wieder kosten.

Er rollte sie auf den Rücken und ließ seine Hände ihr Shirt nach oben schieben, bis sie ihre köstlichen Brüste entblößte. Mit einer Hand umfasste er eine perfekte Kugel, während sein Daumen über die Spitze strich. Die Knospe kräuselte sich als Reaktion darauf und er senkte den Kopf, um sie zu kosten.

Er nahm ihren ganzen Nippel und einen Teil ihrer Brust in seinen Mund und zog und saugte daran, wobei leise Schreie ihre Lippen teilten.

Es war nicht nötig, sie zwischen den Schenkeln zu berühren. Er wusste, dass sie feucht wurde. Er konnte das Aroma ihrer Erregung riechen und spüren, wie ihre Beine als Reaktion auf seine Berührung zitterten.

Er kniff in ihren Nippel und ein Schauer durchfuhr sie.

Ein weiteres sanftes Knabbern und sie packte seinen Kopf und stöhnte.

Sie war nicht die Einzige, die stöhnen wollte. Sein Schwanz zuckte und flehte, entfesselt zu werden. Aber er hatte ein Versprechen gegeben. Ein Versprechen, das er sicherlich nicht halten konnte, wenn sein Schwanz ihrem Fleisch zu nahe kommen sollte.

Es geht um sie. Das hier ist, um ihr zu zeigen, dass sie mir und meinem Wort vertrauen kann, egal wie schwierig es ist. Und verdammt, es war schwierig.

Seine Hände wanderten über ihren Körper, als sein Mund zurückkehrte, um ihre Lippen und leisen Schreie wieder einzufangen. Er kitzelte ihre zarte Haut mit seinen rauen Fingern. Er rieb mit seinen Zeigefingern über ihre festen Nippel. Sie atmete scharf ein und er lächelte, selbst als er den Kuss vertiefte.

Wie empfänglich sie war. So perfekt.

Er streichelte die sanfte Rundung ihres Bauchs und bewegte sich weiter nach unten, wobei er bemerkte, wie ihr Herz raste und dass sie den Atem anhielt, als seine Finger den Saum ihres Höschens berührten.

Sie erstarrte, als er unter das elastische Band tauchte und die Locken dort berührte.

„Willst du, dass ich aufhöre?" Er würde es, wenn sie ihn darum bat. Aber wenn sie das tat, würde er vielleicht sterben.

„Ja. Nein. Ich – ich –"

Verwirrung übernahm die Kontrolle, als ihr Kopf ihr eine Sache sagte, während ihr Körper eine andere schrie.

„Vertrau mir, Baby. Hier geht es nur um dich. Und nur um dich."

Als Reaktion darauf grub sie ihre Finger in seine Schultern und drückte ihren Mund auf seinen. Sie küsste ihn. Sie steckte ihre Zunge in seinen Mund und entlockte ihm ein Stöhnen.

Einen Augenblick lang ließ er sich ablenken. Er rollte seinen völlig bekleideten Körper auf ihren. Ihre Schenkel spreizten sich weit, um ihn aufzunehmen, und er stöhnte wieder, als er seine verborgene Erregung gegen ihr Geschlecht drückte. Auf seine Unterarme gestützt und mit verschmolzenen Lippen rieb er gegen sie, und trotz ihrer beider Kleidung wurde die Erregung stärker.

Die Reibung fühlte sich so köstlich an. Das Aroma ihrer Erregung erwies sich als atemberaubend. Die Feuchtigkeit, die ihr Höschen durchnässte und dann durch seine Jeans sickerte, war so verlockend.

Arabella wimmerte gegen seine Lippen und ihre Atmung war heiß und unregelmäßig. Sie klammerte sich an ihn und grub ihre Finger in die Muskeln seiner Schultern, als ihr Vergnügen anstieg.

Doch nicht nur *ihres* begann den Gipfel zu erklimmen. Er musste sofort aufhören oder er könnte möglicherweise nicht mehr in der Lage sein, sein Versprechen zu halten.

Er riss seinen Mund von ihrem und erhob sich von ihr. Einen Augenblick lang starrte er auf sie hinab. Geschwollene Lippen, errötete Wangen, von Leidenschaft erfüllte Augen.

„Du bist so schön, Baby", knurrte er. Die schönste Frau, die er je gesehen hatte. *Und sie ist mein.*

Nur er durfte sie küssen. Berühren. Kosten.

Mmm. Kosten ...

Er rutschte auf dem Bett zurück und positionierte sich so, dass er immer noch zwischen ihren Beinen kniete, aber weiter unten. Er fühlte, dass sie ihn beobachtete, als er an ihrem Höschen zog und es nach unten schob, bis es sich an ihren Knien verfing, da sein Körper im Weg war. Verdammt.

Es bedurfte nur eines einfachen Rucks, um den Stoff zu zerreißen und die Fetzen beiseite zu werfen.

Sie rang nach Luft, aber er war erfreut zu wissen, dass sie es nicht aus Furcht tat. Oh nein. Vorfreude und Erregung waren, was sie auf ihre Unterlippe kauen und das Fleisch zwischen ihren Beinen von ihrem Honig glitzern ließen.

Koste sie. Leck sie.

Grundbedürfnisse. Ursprüngliche Bedürfnisse. Er ignorierte beide. Hier ging es nicht um ihn. Er wollte ihr Vergnügen bereiten, die Art, die von einem Mann kam, der sie verehren wollte.

Mit diesen Gedanken neckte er sie, indem er mit seinem kratzigen Kinn die seidige Haut der Innenseite ihrer Schenkel entlangrieb.

Sie zitterte.

Er tat es wieder, dieses Mal auf der anderen Seite.

Sie machte ein wimmerndes Geräusch.

Er ließ seinen Mund über ihrem entblößten Geschlecht schweben und seinen warmen Atem dagegen wehen. Sie stieß einen Schrei aus und ihre Hüften zuckten.

„Hayder!" Sie stöhnte seinen Namen und ihr Verlangen war so offensichtlich, dass er sich nicht länger zurückhalten konnte. Seinen Lippen legten sich so plötzlich auf ihr Geschlecht, dass sie aufschrie und ihr ganzer Körper sich wölbte.

Aber er folgte ihren drängenden Hüften und leckte ihr Zentrum, wobei er ihre rosa Lippen spreizte, um hineinzutauchen. Er drang mit seiner Zunge in sie ein und hielt ihre Hüften fest, während er sie erforschte. Sie zitterte in seinem

Griff. Ihr Körper. Ihr Geschlecht. Selbst ihre Atmung bebte.

Als seine Lippen sich zu der Knospe ihres Vergnügens bewegten, schrie sie leise auf. Sie war kurz davor, so kurz davor. Er schnipste mit seiner Zunge gegen ihre Klitoris und drang gleichzeitig mit einem Finger in sie ein.

Wie eng sie sich anfühlte. Wie heiß. Er steckte einen zweiten hinein, während er weiter ihre geschwollene Knospe liebkoste.

Sie zuckte auf dem Bett, zumindest ihr Oberkörper. Er hielt ihre Hüften fest auf der Matratze, als er sie befriedigte. Hinein und heraus, seine Finger stießen in sie und er spürte, wie sie enger wurde und die Wände ihres Geschlechts mit Hitze und Anspannung pulsierten.

Er wurde schneller. Schneller. Schneller ...

Sie kam. Ihr ganzer Körper erstarrte in einem perfekten Bogen, der ihren Rücken vom Bett hob. Ihr Geschlecht zitterte, als die Wellen des Vergnügens sie erschütterten. Ihr Schrei war laut. Ohne Scham.

Er hatte nur einen Moment, um aufzuspringen und eine Decke über Arabella zu werfen, bevor er von einer knurrenden Löwin konfrontiert wurde, die ein „Stirb, Wolf" brüllte, das dann mit einem „Ups. Mein Fehler" verstummte.

Mit einem verschmitzten Grinsen auf den Lippen winkte Luna zum Abschied mit den Fingern und verschwand.

Hayder wollte ihr fast hinterhereilen, da stoppte ihn ein ... Lachen? Er drehte sich um, um die Quelle zu konfrontieren. Es war Arabella, die unkontrollierbar kicherte.

Mit vor der Brust verschränkten Armen versuchte er

ernst auszusehen. „Ich verstehe nicht, warum das lustig ist?"

„Das liegt daran, dass du deinen Gesichtsausdruck nicht sehen kannst."

Er würde diesen Gesichtsausdruck jeden Tag aufsetzen, wenn das bedeutete, sie lachen zu hören. Er könnte sich auch daran gewöhnen, sie jeden Tag so zu sehen. Verdammt, sie sah gut aus. Trotz des Lakens, das sie bis zum Hals hochgezogen hatte, sah sie mit ihren zerzausten Haaren, geschwollenen Lippen und erröteten Wangen immer noch wie das perfekte Bild von leidenschaftlicher Hingabe aus.

Will kuscheln.

Es war nicht nur sein Löwe, der ins Bett kriechen und sich an sie kuscheln wollte. Ihm fiel auf, dass diese ungelegene Unterbrechung ihm den Moment danach gestohlen hatte. Und sie hatte auch eine der nervigsten Angewohnheiten des Löwenrudels gezeigt. Einmischen, selbst wenn es gut gemeint war. „Sorry wegen der Unterbrechung."

Ihre Lippen verzogen sich. „Passiert das oft?"

Lügen oder nicht lügen. „Leider ja."

Privatsphäre wurde im Rudel nicht oft respektiert. Sie waren eine große Familie. Und Familie platzte ungebeten herein. Und Streits brachen aus. Wiedersehenstreffen und Feiertagsfeste waren stets große Events – bei denen immer ein paar Erste-Hilfe-Kästen gebraucht wurden.

Gut, dass ein paar Löwen von ihnen bei der Polizei waren, um Beschwerden wegen Ruhestörung unter den Tisch fallen zu lassen.

Schlösser hatten keine Bedeutung. Genauso wenig wie Klopfen. War er also überrascht, dass jemand hereingestürmt kam, weil er Arabella zum Schreien gebracht hatte? Und ja, diese Tatsache machte ihn etwas eingebildet.

Ehrlich gesagt sollte er Luna wahrscheinlich für ihre Gewissenhaftigkeit danken. Sie bedeutete, dass sie Arabella als Teil des Rudels akzeptiert hatte und dass sie sie beschützen würde.

Aber wer würde seine armen misshandelten Eier beschützen?

Mit ihrem Zeigefinger winkte sie ihn zu sich. Sollte er wieder ins Bett kriechen und versuchen, sich davon abzulenken, seinen Schwanz in ihre Süße tauchen zu wollen, oder eine wirklich kalte Dusche nehmen – während der er sich selbst befriedigte, um sein Versprechen, sie nicht für sich zu beanspruchen, bevor sie bereit war, besser halten zu können.

Er entschloss sich für die Folter. Er kroch wieder zu ihr ins Bett.

War das erschrockene „Ahhh", das ihm entkam, als sie ihn berührte, sehr männlich? Nein, und seine Katzenseite war auch keine wirkliche Unterstützung, wenn man bedachte, dass sie sich fallen ließ, die Beine in die Luft streckte, die Zunge heraushängen ließ und wie in einem Zeichentrickfilm tat, als wäre sie tot.

Sehr lustig.

Aber ehrlich. Es würde ihn vielleicht umbringen, wenn sie sich so nahe an ihn kuschelte und er versprochen hatte, sie nicht für sich zu beanspruchen. Doch wie könnte er sie abweisen, als sie sagte: „Schläfst du bei mir und hältst die Alpträume fern?"

Er gab ein trauriges zweites „Ahhh" von sich, als ihre Pobacken gegen seinen Schritt drückten, doch er nutzte die Folter als Stärkungsübung, während er dachte *meine Frau, meine,* als er sie in den Armen hielt.

Kapitel 16

DAS IST SCHÖN.

Mehr als schön. In den Armen eines Mannes aufzuwachen, bei dem sie sich geborgen fühlte statt nervös und angespannt, erwies sich als atemberaubend.

Hayder war atemberaubend.

Welcher Mann würde auf seine eigene Befriedigung verzichten, obwohl er ihr erotisches Interesse riechen musste? Hayder hatte das getan. Er ließ zwar seine offensichtliche Erektion gegen sie reiben, tat aber sonst nichts.

Nichts.

Gar nichts.

Er drängte sie nicht, dieser Arsch. Doch er folterte sie mit dem, was passieren könnte. Ihr Kopf, der das Vergnügen, das er ihr gegeben hatte, erneut ablaufen ließ, war auch keine Hilfe. Sie wollte mehr von diesem Vergnügen, denn ein Orgasmus durch seine Hände war wie eine Droge. Sie wollte mehr davon.

Ich will ihn.

Er ist unser.

Das Echo in ihrer Psyche überraschte sie nicht mehr so

sehr. Es schien, als regte sich ein schlafender Teil von ihr. Nach so langer Zeit musste Arabella nur etwas Geduld haben. Sie musste ihrer Wölfin noch etwas Zeit geben, um sich anzupassen.

Das rote Glühen der Uhr strafte den dunklen Raum Lügen. „Wie kann es sieben Uhr dreißig und stockduster sein? Normalerweise strahlt die Morgensonne herein."

Lippen knabberten an ihrem Hals und schickten ihr einen Schauer die Wirbelsäule hinab. Sie reagierte mit einem Stöhnen und wand sich, als etwas Stahlhartes gegen ihren Po drückte. „Ich habe Jalousien einbauen lassen, als wir gestern auf der Farm waren."

Sie erstarrte. Aus irgendeinem Grund quälte sie seine Annahme, dass er bei ihr schlafen würde. War sie so leicht rumzukriegen? Hatte sie nichts gelernt? Noch schlimmer. Er hatte richtig geraten.

Sie hatten zusammen geschlafen und obwohl sie keinen Sex gehabt hatten, hatte sie ihm doch überaus große Freiheiten bezüglich ihres Körpers eingeräumt.

Verdammt, ich hätte Sex mit ihm gehabt, wenn er mich gedrängt hätte.

Aber das war nicht der Punkt. Wie konnte er es wagen, so arrogant zu sein, etwas zu planen, das auf natürliche Weise passieren sollte, wenn ein Mann und eine Frau sich näher kennenlernten? „Du meinst, du bist davon ausgegangen, dass du hier schlafen würdest?"

„Natürlich. Ich bin dein Gefährte, auch wenn ich dich noch nicht für mich beansprucht habe. Wo sollte ich sonst sein?"

„Auf der Couch?"

„Aber die ist zu kurz."

„Wie wäre es mit deinem eigenen Apartment?"

Sie rollte aus dem Bett, stand auf und ignorierte sein: „Wo gehst du hin, Baby?"

„Duschen –"

„Genial."

„Alleine."

„Aber da ist Platz für zwei."

Sie drehte sich mit erhobenem Kinn um und obwohl ihr herausfordernder Blick aufgrund fehlender Übung eingerostet war, setzte sie ihn auf, als sie sagte: „Ich werde alleine duschen. Ich. Nur ich. Oder willst du mich wieder drängen und mir keinen Freiraum lassen?"

„Was ist los, Baby? Warum bist du so sauer?"

„Du bedrängst mich zu sehr, zu schnell. Ich brauche Freiraum. Von dir." Als sie sein geknicktes Gesicht sah, wollte sie die Worte fast zurücknehmen.

Dann verkrampfte sie, als sie wartete, um zu sehen, ob sie es endlich geschafft hatte, zu weit zu gehen.

Der verrückte Löwe lachte. „Ich fasse es nicht. Du wirst von Tag zu Tag unabhängiger. Diese neue durchsetzungsfähige Seite von dir ist so sexy, Baby."

„Ist es das?" Irgendwie hatte sie es geschafft, das zu fragen, als sie ihn ungläubig anstarrte.

„Super sexy. Und es macht mich verdammt scharf. Ich nehme nicht an, dass ich dich dazu bewegen kann Polizeiuniform anzuziehen? Und vielleicht mit Handschellen zu spielen?"

Die Hitze in ihrem Gesicht hatte nichts mit Scham zu tun, sondern lag nur an der erwachenden Erregung, die ihren Puls so leicht zum Rasen brachte, während sie es sich vorstellte.

Er machte einen Schritt auf sie zu. Sie wich einen zurück und hob die Hand. „Bleib stehen. Das ist mein Ernst. Ich brauche etwas Zeit allein." Denn wenn er nicht sofort verschwand, würden sie im Bett landen, wahrscheinlich für den Rest des Tages. Sie gestand sich bewusst ein, dass es ihr in seiner Gegenwart an Hemmungen fehlte.

„Ich gehe, vorläufig, Baby. Ich könnte etwas Sport brauchen. Ich habe gehört, dass es viel Spaß macht, Wölfe zu jagen. Das deuteten zumindest die Instagram-Fotos an. Die Löwinnen hatten eine ziemlich arbeitsreiche Nacht, auch wenn der Großteil ihrer Jagd wohl mit Bars und Alkohol zu tun hatte. Scheinbar denken meine Cousinen, dass deine Brüder Säufer sind."

„Du willst sie jagen gehen?"

„Verdammt richtig. Und du bleibst hier. In dieser Wohnung. Und gehst nicht raus."

„Endlich gibt er zu, dass das ein besserer Plan ist."

„Nein. Aber bis ich weiß, dass es sicher ist, will ich nicht, dass du ohne mich rausgehst."

„Ist das ein Befehl?"

„Ja, ist es." Er lächelte, als er ein paar Schritte machte und ihr nahe kam. Sein harter Kuss raubte ihr jegliche scharfen Antworten, die sie vielleicht gegeben hätte.

Er ließ sie schwer atmend zurück, schnappte sich seine Hose vom Boden und zog sie über seine muskulösen Beine. Es war schrecklich. Nicht weil sie ihn nicht mehr bewundern konnte, sondern weil sie sie ihm so gerne wieder ausziehen wollte.

Unfähig, ihn noch länger anzusehen, floh sie ins Badezimmer und duschte lange. Wirklich lange. Und kalt. Wirklich kalt.

Sie zitterte, doch das war okay. Hayder würde sie aufwärmen.

Die ganze Zeit erwartete sie, dass die Glastür aufgeschoben wurde und er zu ihr hineintrat. Dass er etwas

Lächerliches wie „Ich muss mir die Haare waschen" sagen und da zu einem Mann werden und sie verführen würde.

Oh ja. Seine Hände überall auf meinem Körper. Sein Schwanz in mir. Der Geschmack von ihm in meinem Mund.

Außer dass es nicht eintraf. War er wirklich gegangen?

Sie hatte verlangt, dass er ihr Freiraum gab, doch sie hatte nie wirklich erwartet, dass er auf sie hörte.

Niemand hätte das.

In ein flauschiges Badetuch gehüllt, kam sie aus der Dusche und sah sich im Schlafzimmer nach ihm um. Durcheinandergebrachte Laken, zurückgezogene Vorhänge, kein Hayder.

Sie zog sich schnell an, zusammenpassender Slip und BH aus Spitze, dann enge Yoga-Pants mit einer fast durchsichtigen Bluse. Barfuß ging sie ins Wohnzimmer. Es war leer.

Aber in der Küche war jemand.

Mit wehenden blonden Haaren und einem breiten Lächeln drehte sich Luna vom Ofen um. „Da bist du ja. Gerade rechtzeitig für nicht völlig verbrannte Pancakes."

Mit einem Plastikpfannenwender, dessen Spitze zusammengeschmolzen war, legte Luna ein paar Pancakes, die auf einer Seite verkohlt und auf der anderen noch milchig weiß waren, auf einen Teller.

„Was ist mit dem Pfannenwender passiert?"

Luna winkte damit herum. „Verdammte Dinger. Die schmelzen bei mir immer. Man sollte meinen, dass sie Küchenutensilien so herstellen, dass man sie bei hoher Hitze benutzen kann." Luna schob einen Teller in Arabellas Richtung, bevor sie mit ihrem massakrierten Pfannenwender wedelte. „Setz dich. Ich hole dir einen Kaffee. Den kann ich."

Gott sei Dank gab es Kaffeevollautomaten, andernfalls

hätte Arabella gefürchtet, sie müsste irgendeine braune Pampe trinken. Die Pancakes erwiesen sich als genießbar. Wenn auch nur gerade so. Aber da Luna sich die Mühe gemacht hatte, dachte sie, es war das Beste, sie mit einem Lächeln und einem Danke hinunterzuwürgen. Es bestand kein Grund, die offensichtlich verrückte Löwin zu verärgern.

Und ja, sie meinte verrückte, besonders wenn man Lunas Plan bedachte. „Nach dem Frühstück gehen wir ins Fitnessstudio und prügeln dich ein bisschen herum."

Da sie gerade in eine etwas mehligere Stelle ihres Pancakes gebissen hatte, führte ihr erschrecktes Keuchen dazu, dass sie die staubige Zutat einatmete. Sie würgte. Und hustete. Ihre Augen tränten und sie fiel fast von ihrem Hocker, als Luna ihr auf den Rücken klopfte.

„Überlebst du es, Wolfmädchen?"

Überleben? Das hoffte sie doch, aber angesichts all der Pläne, die die Leute für sie hatten, war sie sich nicht sicher. „Darf ich dich fragen", sagte sie nach ein paar Schluck Orangensaft, „warum du mich schlagen willst?"

„Um deine Wölfin zum Vorschein zu bringen und dich zu beschützen natürlich. Ich habe von deinem kleinen Problem gehört."

„Woher? Hat Hayder dir das erzählt?" Sie dachte nicht, dass er das tun würde. Sie hoffte, dass er das nicht tun würde. Harry hatte jedem von seiner kaputten Frau erzählt. *„Die dumme Schlampe kann sich nicht einmal verwandeln. Ich behalte sie nur, weil sie kochen kann."*

„Als ob." Luna verdrehte die Augen. „Nein, wir haben die Info nicht von Hayder. Der Kerl knurrt nur, wenn jemand zu viel Interesse an dir zeigt. Und er hat auch einen Narren an dem Wort *mein* gefressen. Völlig retro, wenn du mich fragst. Aber ich denke, auf primitive Weise ist es heiß.

Tante Cecily sagt, dass dieses ganze prähistorische Höhlenlöwen-Ding abflaut, wenn er dich erst offiziell für sich beansprucht hat."

Arabella brauchte einen Augenblick, um all die Informationen zu filtern. Ein Kernpunkt stach heraus. Hayder beanspruchte sie in der Öffentlichkeit für sich? Warum gab ihr das ein warmes Gefühl, anstatt sie zu verärgern? Sie hatte noch nicht zugestimmt. Trotzdem freute es sie zu wissen, dass er sich nicht schämte, seine Gefühle offen zu zeigen.

Sie hingegen hatte Angst, ihren nachzugeben – und zu trauen.

Aber zu wissen, dass Hayder es nicht ausgeplaudert hatte, beantwortete ihre Frage nicht. „Woher hast du dann von meiner Wölfin gehört?"

„Von Jeoff natürlich. Während Hayder sehr verschlossen ist, hat dein Bruder nicht aufgehört, über dich zu plaudern. Er hat getobt und herumgeschrien, dass es seine Schuld ist, dass du so bist und er schon vor Jahren hätte etwas unternehmen sollen. Er jammerte, dass er der schlimmste Bruder ist, den man sich nur vorstellen kann."

„Es ist nicht seine Schuld. Ich habe diese Entscheidung getroffen. So schlimm sie auch war."

Luna nickte. „Ja, die Scheiße, die dir passiert ist, war deine Schuld."

Arabella schreckte zurück.

„Moment, ich meine es nicht so, wie du denkst. Ich meine, dass du zwar dieses Leben gewählt hast, aber du hast definitiv nicht verdient, was dir zugestoßen ist. Und du warst dumm, weil du es aus Stolz nicht geändert hast."

„Ich wollte nicht, dass jemand verletzt wird."

„Du bist auch ein Jemand, Arabella." Lunas Miene verwandelte sich während ihrer Unterhaltung von heiter zu ernst. „Du verdienst es nicht, verletzt zu werden. Es ist an der Zeit, dass du deine versteckten Brüste in einen freizügigen BH quetschst, deine Schultern zurückwirfst und für dich eintrittst. Es ist auch an der Zeit, dass deine Wölfin aufhört, sich zu verstecken. Und die beste Möglichkeit sie aufzustacheln ist, deinen Körper zu verletzen."

Haare flogen in feuchten Strähnen und pikten ihre Wangen, als sie den Kopf schüttelte. „Das wird nicht funktionieren. Schmerz ist der Grund, aus dem sie verschwunden ist."

„Wirklich? Ich sage, wir testen diese Theorie."

„Hayder sagte, ich soll hierbleiben."

„Hayder sagte, ich soll hierbleiben", äffte sie nach. „Seit wann ist er dein Boss?"

„Das ist er nicht, aber es ist sicherer, in der Wohnung zu bleiben."

„Es ist auch sicherer, dich in Luftpolsterfolie zu packen, anstatt Sport zu machen. Es ist sicherer, gefiltertes Leitungswasser zu trinken als Wasser aus einem Bach. Aber willst du wirklich dein Leben damit verbringen, nur das zu tun, was sicher ist?"

So ausgedrückt hatte Luna recht, doch bei den Beispielen, die sie benutzte, handelte es sich um banale Dinge, nicht außergewöhnliche Situationen, bei denen es um kontrollwütige Lykaner mit gewalttätigen Tendenzen ging.

„Ich bleibe."

Etwas an Lunas Kichern und Gackern ließ Arabella ausrasten. War sie hier drinnen wirklich sicherer als dort draußen? Hayder hatte gedacht, dass die Farm sicher wäre, und trotzdem war etwas passiert. Wer konnte sagen, dass sie nicht dasselbe wie ihr Bruder machen und sie mit einem Hubschrauber entführen würden? Wenn Jeoff das organisieren konnte, dann würde es ihr altes Rudel ebenfalls schaffen.

Sie sah zur Tür ihres Balkons und dann zur Eingangstür.

Luna bemerkte ihr Zögern. „Ach, komm schon. Im schlimmsten Fall verfolgen uns ein paar Schlägertypen und wir dürfen in ein paar haarige Hintern treten. Ich habe gehört, dass du bösartiger als ein Marder auf Speed bist, wenn du provoziert wirst."

„Wer hat das gesagt?"

„Hayder. Und er war ziemlich stolz."

Er hatte mit ihr angegeben? „Nicht stolz oder überzeugt genug, um mich alleine rausgehen zu lassen."

„Was für ein Arsch. Wir sollten es ihm zeigen."

„Ja, das sollten wir." Fast hätte Arabella sich umgedreht, um herauszufinden, wer das gesagt hatte.

Bevor sie die Worte zurücknehmen konnte, zog Luna sie bereits aus der Wohnung. Sie versuchte im Aufzug zu protestieren, doch Luna sagte nur: „Du lässt dir von einem weiteren Mann sagen, was du tun darfst?"

Die Frage verfolgte Arabella, als sie sich von Luna aus dem Aufzug führen ließ und sie sich mit zwei weiteren Löwinnen trafen, die ebenfalls ins Fitnessstudio wollten. So umringt konnte selbst Arabella keinen Fehler in Lunas Plan sehen. War Hayder nicht derjenige, der behauptet hatte, dass die Frauen des Rudels ausgezeichnete Jägerinnen waren?

Da keine von ihnen fahren wollte, riefen sie ein Taxi, das sie zehn Minuten später vor einem zweistöckigen Backsteingebäude absetzte. Nichts Modernes, kein Chrom. Eigentlich sah es auch nicht wirklich nach einem Fitnessstudio aus, obwohl auf einem kleinen handgemalten Schild stand: Lion's Athletic Club.

„Wie originell", war Arabellas trockene Bemerkung, als sie es sah. „Aber führt diese ganze Werbung überall nicht dazu, dass ihr entdeckt werdet?"

Luna lachte. „Im Gegenteil. Manchmal ist das beste Versteck direkt vor aller Augen."

In der Öffentlichkeit hinterfragte Arabella trotz ihrer Begleiterinnen erneut die Entscheidung, das Wohngebäude des Rudels verlassen zu haben. „Vielleicht hätten wir doch zuhause bleiben sollen. Vielleicht ist man uns gefolgt."

„Gut. Nichts geht darüber, ein Problem schnellstmöglich aus dem Weg zu schaffen."

Wie furchtlos Luna wirkte. „Hast du keine Angst, dass sie vielleicht stärker sind als ihr?"

„Ich habe vor Blitzen Angst, aber das bedeutet nicht, dass ich nicht rausgehe, wenn es regnet. Ich habe vor menschlichen Jägern mit Gewehren Angst, aber das hält mich nicht davon ab, im Wald herumzulaufen. Ich habe auch Angst, von zu viel Käsekuchen einen fetten Hintern zu bekommen, aber das hat mich noch nie daran gehindert, ganz alleine einen ganzen aufzuessen. Du darfst dich von deinen Ängsten nicht beherrschen lassen."

„Keine Angst." Arabella atmete tief ein. „Klingt so einfach. Ich wette, für dich ist es einfach. Du triefst geradezu vor Selbstvertrauen."

„Ein Teil davon ist gespielt. Bluffen ist ein tolles Werkzeug." Luna zwinkerte ihr zu. „Jetzt hör auf, Zeit zu schinden, und beweg deinen Hintern in den Laden, damit ich dich im Ring jagen kann."

Luna meinte das wortwörtlich.

Eine Stunde später, nachdem sie zig Schlägen von Luna ausgewichen und völlig außer Atem war, schaffte Arabella es zu schnauben: „Bist du jetzt fertig? Es funktioniert nicht."

Nicht ganz wahr. Arabella konnte ihre tierische Seite spüren – lachend beobachtend, wie Arabella quietschte und der blonden Kampfmaschine im Ring auswich. Glücklicherweise schien Luna sie nicht wirklich verletzen zu wollen. Doch die körperliche Anstrengung, die ihr menschlicher Körper aushalten musste, erwies sich als fast genauso schlimm.

Sie hatte aufgrund ihres eingeschränkten Lebensstils mit Harry ihre Form verloren.

Jemand braucht eines dieser Metallräder, in denen Nager herumlaufen.

Das Bild eines Hamsters in einem Laufrad war vielleicht für ihre Wölfin amüsant, doch Arabella blickte mental finster drein.

Jemand wäre nicht so außer Atem, wenn ein gewisser pelziger Feigling rauskommen und übernehmen würde.

Stille.

Aber kein kompletter Rückzug. Ihre andere Seite versteckte sich nicht, aber Arabella hatte den Eindruck, dass sie schmollte. Wenn Anstrengung sie nicht herausholen würde, dann vielleicht Beleidigungen und Necken.

Eine Strategie, die Luna wohl ebenfalls testen wollte. „Hier Hündchen. Komm raus und du bekommst ein Leckerli."

„Sie steht auf Bacon, mit Sirup."

„Verstanden. Ich schreibe es auf meine Einkaufsliste."

Bitte.

Hundekuchen waren das Äquivalent zu Süßigkeiten für Menschen.

„Wir müssen eine Pause machen", keuchte Arabella. „Wir machen das schon über eine Stunde. Ich brauche eine Dusche und etwas zu essen. Viel zu essen."

„Aber wir sind noch nicht fertig."

„Du vielleicht nicht. Aber ich schon."

Wie einfach es nun war, ihre Meinung kundzutun. Nicht nur bei Hayder fand sie das Selbstvertrauen, zu sagen, was ihr auf der Zunge lag. Sie machte es auch bei anderen. Und niemand hob eine Faust.

Nun, Luna eigentlich schon, aber um mit ihr abzuklopfen, als sie schrie: „Ich lade dich auf den besten Burger mit Pommes ein, den du je probiert hast."

„Ich hoffe, es ist eine große Portion."

„Riesig. Der Laden gehört Gestaltwandlern, also bekommen wir ein besonderes Angebot. Und das Beste, er ist nur einen Block entfernt und immer voll. Kein Wolf würde es wagen, dich dort anzugreifen. Viel zu viele Leute."

Wow, lag Luna falsch.

Kapitel 17

„Was zum Teufel meinst du mit du bist mit ihr ausgegangen?", tobte Hayder, während er auf und ab ging und dabei einen Pfad in den Teppich des Sitzungssaals lief.

Eine mit Blutergüssen und Kratzern übersäte Luna, deren eines Auge eine schöne violette Schattierung annahm, ließ den Kopf reuevoll hängen. Anfangs. „Ich wollte helfen. Ich dachte, sie könnte etwas Entspannung und Sport brauchen, also habe ich sie mit ins Fitnessstudio genommen. Und wir sind auch nicht alleine gegangen. Wir waren eine ganze Gruppe – ich, Nellie und Joan."

Eigentlich eine angemessene Bewachung. Doch das linderte Hayders finsteren Blick nicht. „Gut, ihr habt also Vorsichtsmaßnahmen getroffen, und doch ist sie laut der Berichte nicht aus dem Fitnessstudio entführt worden."

„Nun, nein. Weißt du, nach dem Workout sagte sie, dass sie hungrig sei, also gingen wir essen. Und wieder waren wir eine ganze Gruppe. Ich bin nicht dumm. Ein paar der anderen Löwinnen sind mitgekommen. Es hätte sicher sein sollen. Ich meine, wir sprechen über Mittagszeit an einem Dienstag. Jede Menge Leute, Menschen, überall."

„Und doch hat sie das nicht abgehalten", sinnierte Arik, der ebenfalls bei der Besprechung anwesend war.

„Nicht abgehalten? Untertreibung. Sie haben es in die verdammten Nachrichten geschafft", schrie Hayder immer noch fassungslos. Jeder war erstaunt über den dreisten Angriff auf Arabella und ihre Wachen.

Normalerweise neigten Gestaltwandler dazu, ihre gewalttätigen Übergriffe nicht vor den Augen von Menschen durchzuführen. Je weniger Aufmerksamkeit sie erregten, umso besser. Niemand wollte herausfinden, wie viel Akzeptanz Menschen zeigen würden, wenn ihnen bewusst würde, dass Gestaltwandler und andere fantastische Wesen unter ihnen lebten.

Diskretion war mehr als ein Gesetz, dass über Jahrhunderte weitergegeben wurde. Es war eine Art zu leben – bis jetzt.

Der Kampf hätte direkt aus einem Film stammen können – und so würden sie ihn online rechtfertigen. Es machte keinen Sinn, all die Videos, die Schaulustige gemacht hatten, aus dem Weg zu schaffen. Das war nicht aufzuhalten. Und ohne diese digitalen Beweise hätte Hayder auch nicht geglaubt, wie es abgelaufen war.

Das war ein direkter Angriff. Keine Diskretion, kein Zögern. Gewalttätig und entschlossen beschrieben den gut ausgeführten Plan am besten. Offensichtlich hatte jemand die Lykaner informiert, wo Arabella war. Sie waren innerhalb weniger Minuten bereit gewesen, nachdem die Gruppe das Fitnessstudio verlassen hatte. Das beste Video, das das Geschehen aufzeigte, war, obwohl körnig, sehr aufschlussreich.

Als es noch einmal auf dem Bildschirm an der Wand abgespielt wurde, konnte Hayder dem makabren Drang, es erneut anzusehen, nicht widerstehen. Man sah Arabella, wie von Luna behauptet umringt von den Frauen des Rudels. Eine große Gruppe. Unter normalen Umständen eine sichere Gruppe. Lippen bewegten sich, als die Frauen sich an den Picknicktischen neben Imbisstrucks sitzend unterhielten. Nichts Ungewöhnliches, während sie auf ihr Essen warteten. Köpfe drehten sich, als mehrere Fahrzeuge mit quietschenden Reifen am Gehsteig anhielten. Aus diesen etwa ein Dutzend identischen SUVs stürmten Männer heraus, viele Männer.

Dem Video fehlte Geruch, doch angesichts ihrer wilden Gesichter und dessen, was als Nächstes passierte, war es nicht schwierig zu schlussfolgern, dass es sich um Werwölfe handelte. Wölfe, die die Löwinnen und Arabella umringten.

Während einige von ihnen Luna und die anderen angriffen, schienen noch mehr entschlossen, sich Arabella zu schnappen und sie fortzuziehen.

Nicht anfassen. Offensichtlich war sein Löwe nicht der Einzige, der dachte, dass diese Köter ihre Hände bei sich behalten sollten.

Zu seiner Freude ließ sein Baby nicht zu, dass sie sie ohne einen Kampf fortzerrten. Obwohl sie nicht so wild wurde wie in jener Nacht, als die Wölfe ihn verletzt hatten, lieferte sie eine gute Show, schlug um sich und biss sogar zu. Doch aufgrund ihrer zahlenmäßigen Überlegenheit wurde sie von den Bastarden überwältigt.

Sie trugen sie vom Kampfgeschehen weg zu den wartenden Fahrzeugen. Arabella wurde von einem der schwarzen SUVs verschluckt, der mit seiner Gefangenen davonraste. Ohne eine Spur, der man folgen konnte, verschwand der Wagen.

Er war weg, ohne irgendeinen Anhaltspunkt.

Argh.

Bevor an dem Sicherheitsnetzwerk des Löwenrudels gezweifelt wird, sollte angemerkt werden, dass alle Mitglieder des Rudels unverzüglich Jagdtrupps formten. Die Wölfe führten sie mit ihren identischen SUVs an der Nase herum. Aber letztendlich waren die Löwen größtenteils erfolgreich.

Sie schnappten fast alle Wölfe und die Fahrzeuge, die an der Entführung beteiligt waren. Nur zwei entkamen. Und natürlich war eines davon der Wagen, in dem sich Arabella befand.

Hayder durfte ihre Entführung aus verschiedenen Kamerawinkeln mitansehen. Mit jedem Mal brodelte sein Blut stärker.

Was ihn überraschte, war, dass die Frechheit der Wölfe seinen Alpha nicht dazu bewegte, herumzubrüllen und mit einem Regen aus Zerstörung zu drohen. Wenn man Hayder ignorierte, waren alle im Raum Anwesenden ruhig, so ruhig, dass Leo nicht einmal von seinem Platz auf der Couch hatte aufstehen müssen, wo er ein echtes Buch las – Baumkiller.

Der Mangel an racheerfüllten Emotionen verärgerte Hayder noch mehr. „Warum seid ihr nicht aufgebrachter?" Verstand niemand die Katastrophe? Arabella war weg!

Arik blickte von seinem Handy, auf dem er gerade etwas tippte, hoch. „Ich bin sogar sehr aufgebracht, aber da du bereits brüllst, dachte ich, ich schone meine Stimme für später, wenn wir diese dummen Hunde in den Fingern haben und sie für ihre Unverschämtheit bezahlen lassen." Ariks kaltes Lächeln versprach Tod.

„Ich will sie umbringen", knurrte Hayder. „Sie zerreißen. Sie zerquetschen. Sie sollen sich wünschen, ihre Mutter hätte sie lieber geschluckt."

„Alter, das war ein Bild, das ich nicht gebraucht hätte.

Aber ich vergebe dir, weil du aufgebracht bist. Ich werde dir ein paar Köter aufheben, wenn wir sie finden, damit du an deinen Wutproblemen arbeiten kannst." Der Schlag auf den Rücken, mit dem Leo ihn aufmuntern wollte, ließ ihn fast stolpern.

„Das ist nett von dir", war seine sarkastische Antwort.

„Ich weiß. Alles Teil meiner beruhigenden Persönlichkeit."

Beruhigend für Leo vielleicht. Jeder andere, der gesehen hätte, wie der große Kerl mit den Fingerknöcheln knackte, hätte wahrscheinlich geschluckt und sich aus Furcht angepisst, besonders wenn er wusste, dass er Besuch von einer steinharten Faust bekommen würde.

Leo mochte es, oldschool zu kämpfen. Mit bloßen Fäusten und der Kraft eines Güterzugs dahinter.

Gut, dass er auf unserer Seite ist.

„Wissen wir überhaupt, wo sie sind?", fragte Hayder etwas ruhiger, jetzt da er wusste, dass das Rudel hinter ihm stand und bereit war, ein paar Denkzettel auszuteilen.

„Ja. Oder zumindest haben wir eine ungefähre Idee davon, wohin sie wollen. Heute ist Vollmond und der Kampf um den Titel des Alphas und um Arabella findet um Mitternacht in Arianrhod's Meadow statt.

„Ist das nicht mitten in einem Nationalpark?"

Arik nickte. „Genau. Der Rat dachte, es wäre ein neutraler Ort für den Kampf."

Ein Kampf, der die Katzen immer noch verblüffte. Das Löwenrudel griff nur selten auf einen Kampf zurück, um Angelegenheiten zu entscheiden. Wenn es um Führungspositionen ging, nutzten Löwen und andere Katzen diplomatischere Methoden und stützten ihre Wahl nicht nur auf körperliche Stärke, sondern auch auf Intelligenz und

Charisma. Sie wollten einen wahren König, keinen brutalen Typen, der über sie herrsche.

„Wenn wir den Ort kennen, worauf warten wir dann?"

„Wer sagt, dass wir warten. Ich habe bereits Fahrzeuge losgeschickt."

„Du hast was? Warum sitze ich nicht in einem davon?"

Jegliche Verzögerung könnte sich als desaströs erweisen. Nicht nur für Arabella, sondern auch für ihn. Er bewegte sich auf einem schmalen Grat zwischen Vernunft und primitiven Impulsen. Es war nicht nur sein Löwe, der aus seiner Haut wollte. Er musste Arabella finden. Er musste ihre Sicherheit gewährleisten. Er musste etwas töten, um die Bestie zu beruhigen, die direkt unter seiner Haut pulsierte.

Arik schnaubte. „Warum fahren, wenn wir fliegen können? Der Helikopter wird gerade aufgetankt und wird uns in Kürze abholen. Sie haben zwar einen Vorsprung, aber den holen wir in der Luft sofort auf."

Aber würden sie ankommen, bevor Arabella etwas zustieß? Das war die Frage, über die Hayder nicht zu lange nachzudenken wagte, doch die ihn vor Frust brüllen ließ.

Halte durch, Baby, ich komme.

Kapitel 18

DAS ENDE NAHT.

Und sie bekam nicht einmal eine gute letzte Mahlzeit. Die verdammten Entführer schnappten sie, bevor sie ihr Mittagessen von Imbisstruck bekam. Und es roch so gut. Ein Bacon-Burger mit Cheddar, frittierten Zwiebeln und einem Haufen leckerer Gewürze.

An Essen zu denken, half ihrem hungrigen Magen nicht, doch es half ihr, sich von ihrer Situation abzulenken. Aussichtslos. Ja, dieses eine Wort fasste es ziemlich gut zusammen.

Stundenlang war nach ihrer Gefangennahme nur ein verschwommenes Bild aus unbekannten ländlichen Gegenden an ihrem Platz auf dem Rücksitz vorbeigerauscht, während sie von einigen anzüglich blickenden Männern beäugt wurde, die wirklich in ein Deo hätten investieren sollen.

Die Augen offen und konzentriert zu halten, erwies sich als Mühsal, da ihr Gehirn immer noch vom Treffer einer Faust pochte. Die Nadel, mit der sie ihr ein Sedativum gespritzt hatten, als sie sie gefangen hatten, war ebenfalls nicht hilfreich.

Welches Medikament sie auch immer benutzten, es war stark. Sie war bewusstlos geworden. Gute Nacht. Als sie das Bewusstsein wiedererlangte, zeigte die Uhr im Armaturenbrett, dass Stunden vergangen waren. Stunden, in denen offensichtlich weder Hayder noch das Löwenrudel es geschafft hatten, sie zu retten.

Das verhieß wirklich nichts Gutes.

Entweder hatten die Wölfe die perfekte Entführung geplant, oder Hayder hatte sich entschieden, dass sie die Mühen nicht wert war.

Aber andererseits würde nur ein lebensmüder Idiot wegen einer Frau einen Krieg auf dem Gebiet der Lykaner beginnen.

Komisch, ich fing an zu denken, dass er irgendwie ein Idiot war, ein Idiot, der mich tatsächlich mochte.

Als die Minuten vergingen und die Aussicht auf Rettung immer unwahrscheinlicher schien, fingen die Männer im Truck an, sich zu entspannen, und sie zeigten ihr dreistes Wesen in der Form von höhnischen Bemerkungen.

„Dachtest du wirklich, du könntest das Rudel verlassen?"

„Mein Dad hat immer gesagt, dass Frauen so dumm wie Schafe sind."

„Wenn ich Alpha werde, wirst du mich anflehen, mir einen blasen zu dürfen."

Jede Menge übler Worte wurden ihr an den Kopf geworfen. Keines davon berührte sie. Sie versteckte sich in einem Kokon, einem Raum in ihrem Kopf, in den sie floh, wenn es zu schlimm wurde. Doch dieses Mal war sie nicht alleine.

Eine pelzige Gestalt saß in der Ecke.

Was machst du hier?

Ein zerzauster Kopf neigte sich und betrachtete ihre psychische Präsenz. *Warum bist du hier? Hast du aufgegeben?*

Arabella schenkte ihr ein mentales Schulterzucken. *Was soll ich denn sonst tun? Ich bin in der Unterzahl und wer weiß wohin unterwegs.*

Finde einen Weg, zu fliehen.

Fliehen? Ein höhnisches Schnauben entkam ihr fast.

Gib nicht auf.

Sagt die Wölfin, die sich schon seit Jahren versteckt. Du bist nicht in der Position etwas zu sagen. Du hast aufgegeben und mich allein gelassen.

Nicht aufgegeben. Weggegangen. Zu deiner Sicherheit. Du bist fast gestorben. Meine Schuld. Kein Schmerz mehr. Unser Alpha sagte, ich sollte weggehen, oder er würde dich umbringen. Ich bin gegangen, um dich zu retten.

Es waren nicht wirklich Worte, mit denen ihre Wölfin sie bombardierte, sondern eher ein Rausch aus Gefühlen und Gedanken. Hauptsächlich Schuldgefühle. Ihre Wölfin fühlte sich schuldig, wegen dem, was ihr zugestoßen war.

Und ihre Wölfin gab sich die Schuld. Ihr inneres Ich dachte, sie wäre der Grund für all den Schmerz. Wegzugehen war ihre Version einer Entschuldigung, ihre Art, Arabella zu beschützen.

Aber es ist nicht deine Schuld. Er war ein böser Mann und ich wollte fliehen. Dich zu verstecken machte es nicht besser.

Warum versteckte sie sich also jetzt? Sich zu verstecken hatte in all den Jahren nicht einmal geholfen. Die Wahrheit zu ignorieren hatte nur dazu geführt, dass sie viel zu lange in einer Ehe gefangen war, in der sie misshandelt wurde. Zu gehorchen hatte die Schläge nicht verhindert. Unterwürfigkeit machte es nicht besser. Und doch fiel sie nun erneut in die alte Gewohnheit zurück, vor Männern zu katzbuckeln, die dachten, sie könnten sie herumkommandieren und behandeln, als wäre sie wertlos.

Warum? Hatte sie denn nichts gelernt? Würde sie wirklich zulassen, dass diese Männer sie schikanierten, ohne sich zu wehren?

„Genug." Sie murmelte das Wort, doch das beendete die vulgäre Unterhaltung über die Pflichten von Frauen, von denen die meisten sexueller Natur waren, nicht.

„Ich sagte genug." Ihr Kopf schoss hoch, als sie die Worte knurrte. „Haltet eure verdammten Schnauzen oder ich stopfe sie euch."

„Große Worte für eine kleine Schlampe. Wie wäre es, wenn ich dir deine mit meinem Schwanz stopfe?"

Drecksau.

Arabella hatte viele Jahre damit verbracht, ihre Rache zu schmieden. Sie hatte ihre Pläne nur nie in die Tat umgesetzt. Sie hatte viele Filme und Serien gesehen, viele davon gewalttätig. Sie hatte viele Bücher gelesen, viele davon ebenfalls gewalttätig. Dabei hatte sie ein paar Dinge gelernt. Brutale Dinge. Dinge, die sie nie versuchen wollte.

Bis jetzt.

Der wütende Schlag ihres Ellbogens gegen einen Kehlkopf, der so viel Kraft beinhaltete, wie sie mit ihrem Ärger aufbringen konnte, resultierte in einem befriedigenden Knacken.

Er verschaffte ihr auch die erwünschte Stille – wenn man das rasselnde Keuchen des sterbenden Mannes neben ihr ignorierte. Natürlich war es nicht die zerdrückte Kehle, die ihn getötet hatte. Wenn man sie behandelt hätte, wäre die Verletzung verheilt. Der gebrochene Hals hingegen – ratsch! – erwies sich als tödlich.

Sie drehte sich grinsend zu dem schlaksigen Kerl neben ihr, der murmelte: „Heilige Scheiße!"

„Es tut mir leid, wolltest du etwas sagen?"

Der picklige Junge schüttelte klugerweise den Kopf und behielt die Lippen versiegelt. Doch nicht der andere Mann im Truck.

„Du Schlampe. Ich bringe dich um", knurrte der Kerl auf dem Vordersitz.

Sie fletschte die Zähne in einem Grinsen, das mehr wild als freundlich war. „Bitte. Tod ist besser als das, was ihr alle geplant habt. Und noch besser ist, dass ich noch kein Testament geschrieben habe, was bedeutet, dass all das schöne Geld, das ich habe, in staatlichen Händen enden wird, wenn ihr mich umbringt."

Scheinbar war es aktuell wichtiger, sie am Leben zu lassen, um ihr Vermögen in die Finger zu bekommen – und nicht den Zorn des Rats der Lykaner auf sich zu ziehen, der den Angriff auf sie koordiniert hatte –, als ihren Freund zu rächen. Einen Freund, den sie aller Identifikationsmöglichkeiten beraubten und als Abendessen für die Aasfresser im Wald abluden.

Arabella dachte daran, während des kurzen Stopps davonzulaufen und in dem kleinen Wald zu verschwinden. Sie mussten das gespürt haben, da die drei Männer, die ihren Kumpel entsorgten, auf sie zukamen. Obwohl sie sie nicht wirklich verletzten – *oh, aber ich habe sie verletzt. Diese Bisswunden müssen sicher genäht werden* – schickte sie der Stich einer Nadel in schwarze Besinnungslosigkeit.

Als sie wieder aufwachte, war sie von einer wirklich schrecklichen Lage in etwas aus einem drittklassigen Horrorfilm geraten.

Ich sitze in der Falle. Mehr als nur eine Falle, sie wurde als Opfer dargeboten.

Es schien so, als wären sie während ihres Schlummers an ihrem Ziel angekommen. Obwohl sie noch nie hier gewesen war – da sie eine Frau war –, hatte sie von diesem Ort gehört. Arianrhod's Meadow, das heilige Feld mitten in einem geschützten Wald, auf dem ein knorriger Mutterbaum stand, an dem der Sage nach alles Leben auf diesem Kontinent begann. Die Lichtung lag irgendwo in den Bergen in einem Nationalpark und war von duftendem Klee übersät. In ihrer Mitte stand nur ein einziger Baum, an den sie gekettet war. An diesen heiligen Ort gingen die Lykaner, wenn sie wichtige Probleme lösen mussten, für die man neutralen Boden brauchte.

Seht mich an, so wichtig. So besonders, dass sie nicht wollten, dass sie auch nur eine Kleinigkeit verpasste. Das musste erklären, warum sie das Verlangen verspürt hatten, sie an den Baum zu binden, und nicht nur zu binden, zu ketten.

Metall rasselte, als sie an ihren Armen riss. Doch die silbernen Handschellen, die brannten und die Haut an ihren Handgelenken reizten, hielten sie fest. Sie hatten ihre Beine frei gelassen. Doch das half ihr nicht. Sie konnte nicht wirklich irgendwo hinrennen, noch war irgendjemand nahe genug, um ihn zu treten.

Die gute Nachricht war, dass sie nicht im Zentrum der Aufmerksamkeit der etwa hundert versammelten Wölfe stand. Alles Männer. Und viel zu viele für einen Ort.

Es gab einen Grund, warum die meisten männlichen Wölfe nur in kleinen Rudeln lebten oder einen einsamen Lebensstil wählten. Zu viel Testosteron an einem Ort führte immer zu Gewalt.

Doch die heutige Gewalt war geplant. Sogar gebilligt.

Als sie sich in ihrer Umgebung umsah, bemerkte Arabella den Sprecher mitten auf der von Klee übersäten Wiese. Sie hatte den Mann zwar noch nie getroffen, doch sie konnte vermuten, wer er war, einer der Ältesten, die die Entscheidung des Rats der Lykaner getroffen hatten. Der alte Mann trug eine ungeschmückte schwarze Robe, ein einfaches Gewand, das er von sich werfen konnte, wenn es an der Zeit war, seinen Wolf freizulassen. Die Kapuze hing über seinen Schultern und entblößte ausgedünntes Haar und einen kompromisslosen Gesichtsausdruck.

Als ob er ihre Beobachtung spürte, warf er einen Blick in ihre Richtung. Ein Blick auf seine kalten, dunklen Augen und sie wusste, dass er ihr kein Mitgefühl entgegenbringen würde. Er war ein Lykaner alter Schule. Das musste er sein, denn nur ein Mann, der noch an den alten Sitten festhielt, würde so einem barbarischen Irrsinn zustimmen.

Das Ratsmitglied drehte sich weg und wandte sich an die Menge. „Willkommen auf diesem heiligen Feld, meine Brüder. Obwohl es schon einige Zeit her ist, dass wir auf diesem Feld Blut vergossen haben, müssen wir hier einen Gerichtskampf durchführen, um mit göttlicher Hilfe einen neuen Anführer zu finden. Aber wir haben keine Angst vor etwas Blut und Schweiß." Jubel war die Antwort auf seine Worte. „Auch wenn wir mit dem Kampf noch nicht begonnen haben, leuchtet die Zustimmung unserer geliebten Mondgöttin bereits über uns. Sie ist Zeugin der kommenden Schlacht um die Führungsposition im Northern Lakes Rudel." Weiteres Pfeifen und Jubeln.

Was für ein Haufen Scheiße. Obwohl sie von dem Ritualkampf um die Position des Alphas gehört hatte, hatte Arabella noch nie einem beigewohnt. Keine Frau hatte das je.

Lykaner waren immer noch eine von Männern

beherrschte Gesellschaft. Sie machten die Regeln. Sie setzten sie durch. Oder zumindest war das in den Rudeln an der Ostküste so. Aber nachdem sie Ariks Löwenrudel gesehen hatte, musste sie sich fragen, ob es vielleicht anderswo nicht so war. Sie war in dem Glauben großgezogen worden, minderwertig zu sein. Aber andererseits lernte sie nichts über das Leben in einem Rudel, bis ihre Eltern die Wahrheit nicht mehr verbergen konnten.

Arabella war in einem Vorort als normales Kind erfolgreicher Eltern aufgewachsen, bis sie ins Teenageralter kam und die Wahrheit sich zeigte.

Im Garten mit vagen Erinnerungen an eine Hasenjagd aufzuwachen, ließ sie unzusammenhängend schluchzend und panisch zu ihrer Mutter laufen.

Aber ihre Mutter wusste, was passiert war. „Liebling, du bist ein Werwolf." Komisch, wie diese Worte nach all den Jahren immer noch die Macht hatten, bedeutungsvoll in ihr widerzuhallen. Die meisten Mädchen bekamen Binden – mit Flügeln –, wenn sie ihre Periode bekamen, sie hingegen bekam einen Crashkurs darüber, wie ihr Leben sich verändern würde.

Nicht zu einem Rudel zu gehören, bedeutete nicht, dass ihre Eltern ihr und Jeoff die fundamentalen Regeln eines Rudels nicht beibrachten. Sie wussten von den Lykanergruppen und dem Rat der Gestaltwandler, genauso wie den Gesetzen, nach denen sie lebten.

Diese strikten Regeln und ihre Ablehnung eines Lebens im Rudels waren, was ihre Eltern ursprünglich dazu gebracht hatten, nach Jeoffs Geburt zu verschwinden. Sie versuchten, sie zu warnen, dass ein Leben im Rudel vielleicht nicht gut für sie sein könnte, dass es besser für sie wäre, nicht in einem zu leben.

Und die dumme Arabella dachte, dass mit ihrer Art zu

leben sich irgendwie großartig anhörte. Ein weiterer Grund, warum sie auf Harrys Heiratsantrag angesprungen war.

„Heirate mich und werde Teil meines Rudels. Lebe bei deiner Art. Verstecke nicht, was du bist. Sei bei mir." Genau die richtigen Worte.

Wie konnte sie nein sagen, wenn er ihr versprach, was sie wollte? Einen Ort, an dem sie sich zugehörig fühlen und sie selbst sein konnte.

Falsch.

Aber es machte keinen Sinn, die Vergangenheit zu beklagen. Nur das Jetzt zählte, und im Jetzt zogen Männer ihre Klamotten aus und traten in den jahrhundertealten Kampfring.

Keiner von ihnen sah sie an, doch sie studierte sie. Einer dieser Männer würde sie besitzen, bevor die Nacht zu Ende war.

Das machte sie krank.

Ich kämpfe, bevor ich mich wieder von jemandem besitzen lasse.

Sie zerrte an den Ketten, doch sie waren nicht lockerer als zuvor. Der Kampf war kurz davor zu beginnen. Die Wettstreiter reihten sich auf und das alte Ratsmitglied kündigte sie mit Namen, Rudel und Rang bei den Zuschauern an. Einige wurden bejubelt. Andere ausgebuht.

Jeder von ihnen sagte dieselben rituellen Worte, die ihre Absicht verkündeten. „Ich fordere die Anwesenden heraus, mit mir um die Position des Alphas zu kämpfen."

Die Wetteiferer reichten in Alter und Größe von einem jungen, drahtigen Typen bis zu einem älteren, bierbauchigen Kerl, den sie als Fergus erkannte, dem Alpha eines kleinen Rudels auf dem Land, der bereits mit vier Frauen verheiratet gewesen war.

Wenn ein Löwe brüllt

Sie zitterte, nur zum Teil aufgrund der Kälte.

Die Nacht hatte sich nun ganz über sie gelegt und die beruhigenden Strahlen des Mondes badeten ihre Haut nicht mehr in ihrem Schein, da sie sich gerade hinter einer Wolke versteckten. Doch selbst verborgen konnte sie die Anziehungskraft spüren, die silbrige Stimme, die sang: *Lauf mit mir. Lauf. Frei.*

Es war Jahre her, seit sie das letzte Mal den sirenenartigen Gesang des Mondes gehört hatte, ein Zeichen dafür, dass ihre Wölfin kurz davor war an die Oberfläche zu kommen. Zurück. Und gerade rechtzeitig für das Ende.

Da der Mond seinen silbernen Schein nicht teilte, kam es zu Verzögerungen, da Scheinwerfer am Rand des Rings installiert wurden. Niemand wollte die Action verpassen.

Respekt für den Wald und ihre eigene Haut bedeutete, dass die Lykaner Elektrofackeln anstatt echtem Feuer benutzten. Doch die gleichmäßig verteilt aufgestellten batteriebetriebenen Laternen reichten nicht aus, um alle Schatten zu vertreiben. Die große Lichtung war übersät von dunklen Senken und Taschen aus Finsternis an den Rändern, Stellen, die alles verbergen konnten, wie zum Beispiel einen Mann mit Augen aus geschmolzenem Gold, einer Miene aus wilder Entschlossenheit, stolz geschwellten Schultern und einem Gang, der eines Königs würdig wäre.

Bevor jemand auf Hayders Gegenwart reagieren konnte, sprach er mit kraftvoll dröhnender Stimme. Doch noch erstaunlicher waren die Worte, die er sagte.

„Ich fordere die Anwesenden heraus, mit mir um die Position des Alphas zu kämpfen."

Kapitel 19

Ein Aufruhr aus Knurren, gebrüllten Ablehnungen und unverschämten Äußerungen über seine Vorfahren begrüßten Hayders Ankündigung.

Es wäre vielleicht noch eine Weile so weitergegangen – und hätte in Blutvergießen geendet, wenn man berücksichtigte, was einer der Hunde über seine Mutter gesagt hatte – doch der Aufruhr verstummte, als ein alter Mann in den Roben des Sensenmannes seine Arme hob und ein einziges Wort von sich gab, das in der Nacht widerhallte. „Ruhe." Das weckte die Aufmerksamkeit aller.

Nur wahre Omegas konnten so etwas erreichen. Leo hatte diesen Trick mit der Stimme ebenfalls drauf, doch er nutzte ihn selten. Er packte lieber zu.

Während Hayder darauf wartete, dass der alte Kerl sprach, suchten seine Augen die Gegend ab, auch wenn er sich hier bereits auskannte. Mutig und entschlossen bedeutete nicht dumm. Er hatte sich genau umgesehen, bevor er kühn auf das Feld geschritten war. Nicht, dass es wirklich viel zu sehen gegeben hatte.

Sie waren im Wald. Keine Gebäude oder Straßen kennzeichneten die Gegend. Doch trotzdem von Menschenhand gemachte Dinge fehlten, wirkte die riesige von Bäumen umringte Lichtung künstlich. Der Mangel an Bäumen sowie Setzlingen und Büschen auf der Wiese schien auf irgendeine Art von Bearbeitung hinzuweisen. Und sollte sie doch von Menschenhand gemacht worden sein, schaffte der Gärtner es, ihre wilde, ungezähmte Essenz einzufangen.

Klee bedeckte den Boden in einem weichen grünen Teppich, der ein duftendes Aroma von sich gab, das in seiner Nase kitzelte. Wenn das keine Situation auf Leben und Tod wäre, hätte es ihm gefallen, auf dieser üppigen natürlichen Matratze herumzutollen, doch es war schwierig, an die einfachen Freuden zu denken, wenn Arabella in Ketten an einem gigantischen, halbtoten Baum hing.

In Ketten.

An einem verdammten Baum.

Er hätte sich bei dem Anblick fast verwandelt, besonders als er realisierte, dass sie sie mit Silber gefesselt hatten.

Sie wagen es, unserer Gefährtin wehzutun?

Diese Dreistigkeit machte ihn verrückt. Als Hayder seinen Blick zu ihr schweifen ließ, rastete er beinahe aus. Angekettet. Wie ein Tier.

Wussten sie, wer sie war?

Das Wichtigste auf der Welt.

Meine Gefährtin. Mein Baby.

Ruhig. Ruhig. Er konnte es sich nicht leisten, seine Handlungen von blinder Wut leiten zu lassen. Glücklicherweise hatte ihm ein gewisser Omega namens Leo einige Techniken gezeigt, um seine wilden Impulse zu unterdrücken.

Einatmen und auf ein Objekt konzentrieren. Ausatmen, fokussiert bleiben. Einatmen und auf ein Objekt konzentrieren – *wie etwa diesen Typen mit einer lausigen Entschuldigung für einen Bart, der da hinten vor sich hin grinst. Er stirbt zuerst.* Ausatmen. Einatmen. *Wen bringe ich danach um. Wie wäre es mit seinem Kumpel neben ihm?*

Seine Augen von Arabella abwendend, deren Gesichtsausdruck er aufgrund der Schatten nicht lesen konnte, entschied er sich stattdessen zuzuhören, was der Omegawolf, der auf Geheiß des Rates der Lykaner hier war, den Anwesenden zu sagen hatte.

„Eine Herausforderung wurde ausgesprochen. Der Rat der Lykaner erkennt die Herausforderung an und akzeptiert sie."

Eine Stimme wagte es ihre offensichtliche Fassungslosigkeit kundzutun. „Was zum Teufel? Er ist ein verdammter Löwe. Er darf nicht um die Führungsposition des Rudels kämpfen."

Murmeln wurde laut und überall nickten Köpfe. Die Köter dachten, dass sie die Gesetze kennen würden.

Falsch.

Hayder erlaubte sich zu lächeln. „Willst du es ihnen sagen, alter Mann, oder soll ich?"

Omega oder nicht, der Ratstyp warf ihm einen finsteren Blick zu. „Übertreib es nicht, Katze." Der berobte Kerl drehte sich zur Menge. „Leider hat er das Recht dazu. In jedem normalen Kampf um die Führungsposition, in dem der nächste Alpha im Rudel selbst gesucht wird, sind keine Außenstehenden zugelassen. Doch da wir diesen Kampf öffentlich gemacht haben, um neues Blut ins Rudel zu bringen, besagt das Recht, dass jeder, der eine Herausforderung ausspricht, teilnehmen darf. Selbst wenn er kein männlicher Wolf ist. Das ist ein Schlupfloch, das, obwohl es besprochen wurde, nie beseitigt worden ist."

Denn Lykaner konnten ohne Kampf nichts entscheiden. Und in diesem Fall war Hayder für diese Dummheit dankbar.

„Unfair", schrie eine Stimme.

„Unfair?" Hayders Augenbrauen hoben sich fragend. „Ist das deine Art, um zu verkünden, dass all diese guten Männer hier zu schwach sind, um gegen einen Löwen zu bestehen?" Er lächelte – und ja, er lächelte absichtlich spöttisch.

Zähne knirschten und ein leises Knurren erhob sich, doch es gab keine weiteren Diskussionen über seine Teilnahme.

„Wollen noch andere teilnehmen?", fragte der alte Mann.

Niemand in der Menge trat vor. Alle, die die Position des Alphas gewinnen wollten, standen bereits im Zentrum der Lichtung.

Doch Moment. Eine weitere Stimme wollte gehört werden.

„Ich fordere die Anwesenden heraus, mit mir um die Position des Alphas zu kämpfen."

Gelächter erhob sich, als Arabella ihre Herausforderung ausgesprochen hatte. Zwischenrufe und Spott folgten unverzüglich.

„Du kannst kein Alpha werden. Du bist ein Mädchen", schrie ein Anwesender.

„Du kannst mich jederzeit dominieren", sagte ein anderer mit einem anzüglichen Grinsen. Da er einer der Wettstreiter um den Titel des Alphas war, machte sich Hayder eine mentale Notiz, ihn als Erstes zu töten. *Wie kann er es wagen, meine Gefährtin anzüglich anzugrinsen?*

„Ich verlange mein Recht." Obwohl sie an einen Baum gekettet war, schaffte sie es ziemlich entschlossen zu klingen, wobei ihre Stimme kaum zitterte, obwohl sie zu Tode erschrocken sein musste.

Doch sie sollte keine Angst haben. Schließlich war er zu ihrer Rettung gekommen, genau wie ein Ritter in strahlender Rüstung – mit großartigen Haaren.

Und scharfen Zähnen. Sein Löwe sah ihre guten Eigenschaften von einer anderen Seite.

Zu Hayders Überraschung akzeptierte der alte Mann ihre Herausforderung. „Eine Herausforderung wurde ausgesprochen. Der Rat der Lykaner erkennt diese Herausforderung an und akzeptiert sie."

„Dann bindet mich los."

Der alte Mann ließ ein listiges Lächeln seine Lippen wölben. „Nein. Auch wenn du eine Herausforderung aussprechen darfst, besagen die Regeln nicht, dass wir dich freilassen müssen, wenn du das tust."

Doch Arabella ließ auf diese Aussage hin ihren Kopf nicht geschlagen hängen, sondern warf scharfe Dolche aus ihren Augen.

So sexy. Aber jetzt war nicht die Zeit, sich ablenken zu lassen. Jetzt war die Zeit, ein Held zu sein. „Fangen wir jetzt endlich an? Ich muss noch Hasen jagen. Und eine Frau für mich beanspruchen. Und ein Rudel führen."

Mehr als nur ein paar Kerle knurrten auf diese herausfordernden Worte hin.

Da er ein kleiner Klugscheißer war, machte Hayder eine *Kommt nur her*-Geste mit den Fingern. Und lachte, als niemand vortrat.

Der Kerl in der Robe hob seine Arme in die Luft, wobei die Ärmel seines Outfits nach unten rutschten und seine dünnen Arme entblößten. Aber ein schlanker Körper bedeutete nicht unbedingt eine leise Stimme. Der alte Omega schrie seine nächsten Worte, sodass sie in der Nacht widerhallten. „Herausforderer tretet euch paarweise gegenüber. Wie ihr wisst, gibt es nur zwei Regeln. Kämpfe sind Mann gegen Mann. Keine Teams und keine Waffen bis auf eure Bestie. Töten und Verstümmeln sind erlaubt."

„Vergiss nicht, ihnen zu sagen, dass Feiglinge und Heulsusen jederzeit vom Feld kriechen und aufgeben dürfen." Hayder grinste, als er seine Schultern anspannte.

Der Omega spuckte den letzten Teil seiner Ansprache heraus, während er finster dreinblickte. „Der Letzte, der steht, soll der nächste Alpha des Northern Lakes Rudels sein."

Rawr.

Okay, Hayder war also etwas aufgeregt. Aber andererseits war brüllen nie etwas Schlechtes, da es üblicherweise seine Gegner durcheinanderbrachte. Es war eine Sache, willentlich einen Kampf mit jemandem der eigenen Spezies anzufangen, doch wenn eine riesige Katze mit einer beeindruckenden Mähne, spitzen Zähnen und rasiermesserscharfen Klauen ins Spiel kam, änderte das schnell die Lage. Ja, die Hunde wussten, dass sie in Schwierigkeiten waren.

Da Hayder kein Mann war, der sich vor Gefahr versteckte, trat er sofort dem größten Herausforderer entgegen. Dem Bastard, der seine Frau anzüglich angegrinst hatte.

Muskeln spannten sich an, Blicke wurden ausgetauscht und Gegner bereiteten sich vor.

Das Signal war einfach. Der alte Mann senkte die Arme.

Als Hayder sich ins Gefecht stürzte und Fäuste flogen und trafen, dankte er im Geiste kurz Arik, der die Weitsicht gehabt hatte, sie herzufliegen.

Der Hubschrauber, den Arik gechartert hatte, hatte sie

vom Dach des Wohngebäudes abgeholt und obwohl er auf dem Weg hatte landen und auftanken müssen, waren sie schnell hier gewesen. Was gut war, da sie sich dadurch einige Meilen entfernt mit den anderen Löwen und einem Wolfsbruder, der sich selbst eingeladen hatte, absetzen lassen konnten, um sich zu Fuß an ihren Zielort zu schleichen.

Leider war die Wagenkolonne wegen eines unfallbedingten Staus auf dem Highway noch nicht eingetroffen.

Das bedeutete, dass es nur ein halbes Dutzend von ihnen gegen etwa hundert Wölfe hieß. Eine Herausforderung, oder wie Arik, der Spielverderber es bezeichnete, als sie sich durch den Wald schlugen: „Verdammter Selbstmord. Wir müssen warten, bis die anderen eintreffen."

Warten? Hayder würde nicht warten, und glücklicherweise hatte Jeoff die benötigte Hinhaltetaktik parat.

„Wir können nicht warten. Ich habe einen Plan. Ich werde eine Herausforderung um die Position des Alphas aussprechen." Eine einfache Lösung, die Jeoff anbot.

Eine Lösung, die Hayder abwandelte, sodass sie ihm besser passte.

Ursprünglich hatte Jeoff vor, derjenige zu sein, der in den Ring stieg.

Doch Hayder würde ihn nicht all den Ruhm einsammeln lassen. *Ich werde mein Baby retten.*

Aber was würde er tun, wenn, nein, sobald er gewonnen hatte? Er hatte schon immer ein Haustier gewollt, als er noch kleiner war. Jetzt könnte er ein ganzes Rudel haben.

Der große Kerl, mit dem er kämpfte, zuckte kaum mit den Wimpern, als Hayders Schläge auf sein Gesicht niedergingen. Doch wie würde er den Ruck an seinem Kopf vertragen? Angesichts des Knackens wohl nicht so gut.

Auf zum nächsten Gegner. Und zum nächsten.

Es wurde bald klar, dass, obwohl keine Teams erlaubt waren, Betrug im Spiel war. Keiner der herausfordernden Wölfe kämpfte gegen seinesgleichen. Nein, sie reihten sich auf und warteten darauf, Hayder angreifen zu dürfen.

Da er es immer nur mit einem Gegner zur selben Zeit zu tun hatte, machte er sich keine Sorgen, dass er verlieren könnte. Er war diesen Bastarden mehr als nur ebenbürtig. Was ihm jedoch Sorgen machte, war seine Ausdauer. Beim sechsten Gegner fing Hayder an zu ermüden. Er wurde langsamer. Und zusammen mit seiner Stärke ließ auch seine Geschwindigkeit nach. Seine Gegner schafften es, einige Treffer zu landen. Hier kam ihm sein Dickkopf zugute. *Siehst du Mom, das ist doch etwas Gutes.*

Glücklicherweise bekam er eine kurze Ruhepause, als er die erste Hälfte seiner Gegner besiegt hatte.

Der alte Mann schrie mit widerhallender Stimme: „Herausforderer, ihr habt euch als Mensch bewiesen. Jetzt ist es an der Zeit, euch als Tier zu beweisen. Alle übriggebliebenen Herausforderer, verwandelt euch."

Finger rissen schnell Klamotten von Körpern. Das dauerte nicht lange, da die meisten nur in Shorts oder Hosen in den Ring gestiegen waren.

Hayder entledigte sich schnell seiner eigenen Hose. Und es dauerte noch weniger Zeit, um seinen Löwen hervorzulocken. Voller Adrenalin und Eifer stürmte seine katzenhafte Seite vor und übernahm den Fahrersitz seines Körpers. Hayder atmete schwer, als der Schmerz der Verwandlung ihn durchfuhr, doch er genoss es, denn sobald die Qual nachließ, schärften sich seine Sinne. Und seine Stärke kehrte zurück.

Ein Verlangen nach Kampf durchdrang ihn.

Viele Wölfe zum Spielen.

Rawr!

Kapitel 20

RAWR.

Obwohl Arabellas Aufschrei wahrscheinlich nicht den Klang oder das Gewicht eines Löwengebrülls hatte, drückte es doch treffend ihren Frust aus.

An einen Baum gefesselt war sie wieder ein Opfer. „Lasst mich frei", rief sie vergeblich. Niemand schenkte ihr Gehör. Sie wurde von ihnen nicht bemerkt, da sie lediglich eine Frau war.

Eine Frau, dessen Mann alles riskierte, um sie zu retten.

Um mich zu retten. Denn ich kann mich nicht selbst retten.

Wie oft würde sie noch andere Leute die Entscheidungen für sie treffen lassen? Wann würde sie endlich für sich selbst eintreten? Vor ein paar Tagen hatte Arabella gedacht, sie wäre machtlos und ihre einzige Möglichkeit wäre, sich zu verstecken. Aber sich zu verstecken war kein Leben. Sie hatte das Recht, ihre Zukunft selbst zu wählen. Sie musste nicht andere diese Entscheidungen für sie treffen lassen.

Sie hatte das Recht zu kämpfen.

Was ist mit dem Schmerz, der von Trotz herrührt? Ihre Wölfin flüsterte ihr den Gedanken zu, doch zum ersten Mal ließ Arabella sich dadurch nicht unterkriegen.

Was war mit dem Schmerz? Sie hatte es mit Unterwürfigkeit versucht. Sie hatte versucht, unbemerkt zu bleiben. Doch auch das hatte die Schläge nicht verhindert. Ihre demütige Einstellung hatte die üblen Worte nicht gestoppt, oder die Scham. Wenn Unterwürfigkeit nicht funktionierte, warum erlaubte sie ihnen dann, sie einzuschüchtern? Würde sie einfach dastehen und nichts tun, während andere ihre Schlachten austrugen?

Zum Teufel, nein.

Als der Älteste der Lykaner gefragt hatte, ob sonst noch jemand kämpfen wollte, hatte sie alle überrascht, indem sie ihre Absicht verkündet hatte.

Und sie war akzeptiert worden. Ja.

Natürlich hatte sie ein kleines Problem, da sie momentan irgendwie gefesselt war.

Sie stöhnte frustriert.

„Nicht erschrecken", flüsterte eine vertraute weibliche Stimme. „Weißt du, wie schwierig es ist, sich an eine Gruppe Wölfe heranzuschleichen, wenn der verdammte Wind immer wieder die Richtung wechselt."

„Luna, was machst du hier?", antwortete Arabella, wobei sie ihren Blick weiter auf Hayder gerichtet ließ, um die Löwin nicht zu verraten.

„Machen? Einen Fehler berichtigen. Vermutlich hätte ich dir beibringen sollen, wie man sich aus Handschellen befreit, bevor ich dir zeige, wie man aus einem Würgegriff entkommt."

„Du solltest jetzt gehen. Wenn sie dich erwischen –"

„Fang nicht wieder mit der Ich-bin-es-nicht-wert-dass-man-mir-hilft-Scheiße an."

„Das wollte ich nicht. Ich wollte sagen, dass du wahrscheinlich Blutflecke auf deinem neuen T-Shirt haben wirst, wenn sie dich erwischen."

Luna kicherte. „Kaltes Wasser schafft das schon. Keine Sorge. Jetzt halte kurz still und ich habe dich im Nu aus diesen Handschellen heraus."

Luna hielt ihr Wort und fackelte nicht lange. Arabella fühlte das Klicken mehr, als dass sie es hörte, da die Zuschauer jubelten, als Hayder ermüdete.

Die erste Hälfte des Kampfes war vorbei. Jetzt kam der zweite Teil, Bestie gegen Bestie. Noch sieben Gegner übrig.

Hayders Löwe stand golden und schön da. Eine tödliche Maschine mit einer unglaublich weichen Mähne.

Mit befreiten Armen machte Arabella einen Schritt vom Baum weg, doch nicht in Richtung der Freiheit. Obwohl Luna an ihr zog, konnte Arabella sich nicht bewegen. Fasziniert sah sie zu, wie ihr geliebter Löwe die tödlichen Künste seiner Art darbot.

Er überragte nicht nur alle an Größe. Er stellte die Löwen auch mit seinen Bissen und dem Geschick seiner Pfoten in den Schatten. Mit seinen Klauen fegte er einen Wolf von den Beinen und riss ihn zu Boden. Dann schloss sich sein Kiefer um den Hals seines Gegners. Knack. Dann trat der Nächste in den Ring.

Er war am Gewinnen. Doch wie zuvor verlangsamten sich nach dem vierten Gegner seine Bewegungen. Sein Löwe wurde müde. Ein roter Fleck tauchte auf seiner Schulter auf, wo ein Wolf zugebissen hatte.

Arabella zuckte zusammen.

Noch mehr Blut war zu sehen, als Zähne sich in eines seiner Vorderbeine gruben.

Keuch.

Verletzt oder nicht, Hayder würde nicht aufgeben.

Er kämpft für mich. Er kämpft für uns. Wirst du das zulassen? Wirst du dich weiter verstecken? Sie wandte sich an ihre beobachtende Wölfin.

Als Hayder taumelte und eine weitere Wunde sich öffnete, aus der Blut in zähflüssigen roten Strähnen floss, riss die Leine, die ihre gefangene Wölfin zurückhielt. *Schluss damit!*

Ihre Wölfin knurrte, als sie ausbrach. Kleidung zerfetzte, Haut pulsierte und kräuselte sich, als Fell spross.

Arabella gab einen ekstatischen Schrei von sich, als der Schmerz ihrer Verwandlung sie durchfuhr. Endlich war sie wieder eins mit ihrer Wölfin.

Sie waren vereint. In Körper. Geist. Und Wut.

Sie haben unserem Gefährten wehgetan.

Dann lass uns ihnen ebenfalls wehtun.

Nur noch ein Herausforderer war im Ring mit dem erschöpften Löwen übrig. Der übelste. Fergus, ein Mann mit stahlharten Muskeln und einem Wolf, der seine Lippen zurückzog und seine spitzen Reißzähne zeigte.

Auf allen vier Pfoten rannte sie auf das blutige Schlachtfeld, nur um abrupt stehenzubleiben, anstatt einzugreifen.

Sie hatte noch genug Verstand übrig, um zu wissen, dass sie nicht eingreifen durfte. Die Gesetze erlaubten immer nur einen Herausforderer zur gleichen Zeit. Wenn sie ihm jetzt zu Hilfe eilen würde, wäre alles, was Hayder geopfert hatte, null und nichtig. Außerdem wären ihre Leben verwirkt, würde sie eingreifen.

Außer ihr müder Liebhaber würde aufgeben und sie das zu Ende bringen lassen.

Sie versuchte, seine Aufmerksamkeit zu bekommen und ihm ihre Absicht mitzuteilen. *Lass mich kämpfen.*

Ich bin eine Frau. Er wird mich nie kämpfen lassen. Er wird nie –

Mit einem kräftigen Pfotenschlag brachte Hayder den grauhaarigen Wolf aus dem Gleichgewicht. Bevor Fergus seine Balance wiederfand, ging Hayder schwanzwedelnd davon.

Sie starrte ihn an. Alle taten das.

Fergus, der letzte stehende Wolf, stieß ein triumphierendes Heulen aus.

Sie unterbrach ihn, als sie in ihn knallte.

Dieser Kampf ist noch nicht vorbei.

Als sie mit dem Wolf rang, musste sie sich einen Augenblick lang fragen, was zum Teufel sie machte, besonders als der andere Wolf es schaffte, in ihre Schulter zu beißen.

Aber der Schmerz sandte sie nicht in eine paralysierte Panik. Sie würde sich nicht unterwerfen.

Diese Tage waren vorbei.

Ich werde nie wieder ein Opfer sein. Natürlich würde diese Entscheidung viel besser funktionieren, hätte sie nicht einen ausgewachsenen männlichen Wolf herausgefordert.

Ich kann das nicht.

Das dachte sie. Doch Hayder schien anders zu denken.

„Komm schon Baby. Du kannst das. Er ist alt und müde. Reiß ihm den Arsch auf, damit wir das hier beenden und essen gehen können."

Ich versuche es, verdammt.

„Ich habe gehört, hier in der Nähe gibt es ein Vierundzwanzig-Stunden-Diner, das saftige Burger, selbstgemachte Pommes und genialen Schwarzwaldkuchen auf der Speisekarte hat."

Verlockend, doch das gab ihr nicht die notwendigen extra fünfzig Pfund, die sie brauchte, um es mit Fergus aufzunehmen. Sie drehte sich und wich den Pfoten des anderen Wolfs aus, doch sie war in der Defensive. Nicht gut.

„Man kann dort auch Zimmer mieten, wo man heiß duschen kann."

Mmm. Nackt mit ihrem Gefährten? Sie konnte gerade noch vermeiden, von dem anderen Wolf zu Boden geworfen zu werden.

„Vielleicht könntest du meine Wehwehchen gesundküssen. Dieser böse alte Wolf hat mir wehgetan."

Ein verwundeter Gefährte?

Jetzt rastete sie aus.

Wie zuvor erinnerte sie sich nicht wirklich daran, was sie tat. Sie bekam nur die Folgen zu sehen. Es war nicht schön, etwas chaotisch, doch es war effektiv.

Sie war der letzte stehende Wolf. *Wölfin.*

Wir haben gewonnen. Wir haben verdammt nochmal gewonnen.

Ihr Wolf gab ein freudiges Heulen von sich, das in der stillen Lichtung widerhallte. Die Anwesenden schienen sich in einer Art Schockzustand zu befinden.

Als sie ihre Gestalt wandelte, schritt Hayder nackt und verführerisch auf sie zu. Sie erreichte gerade rechtzeitig ihre menschliche Gestalt, um von ihm in die Luft gehoben und herumgewirbelt zu werden.

„Du hast es geschafft, Baby. Du bist der neue Alpha."

„Den Teufel", knurrte der Älteste, der sie beide finster anstarrte.

„Regeln sind Regeln", stichelte Hayder. „Sie hat ihre Herausforderung ausgesprochen und hat gewonnen."

Das Ratsmitglied hörte nicht mehr zu. Er warf seine Robe ab und ließ seinen grauen Wolf zum Spielen herauskommen.

Er stürmte mit weit aufgerissenem Kiefer auf sie zu.

Eine sabbernde Bestie und doch bewegte Hayder sich nicht. Er zog sie nur an seine Seite und packte den alten Wolf an seiner pelzigen Kehle, als dieser auf ihn zusprang. Er hob den Wolf in die Luft. Die Muskeln in seinen Armen spannten sich an.

„Ist das die Art Ehre, die Wölfe besitzen?" Er schüttelte das Tier, das natürlich nicht antwortete, außer ein *Grrr* zählte.

Mit einem missbilligenden Kopfschütteln warf Hayder den Wolf in Richtung der Menge. Das Ratsmitglied landete mit einem lauten Kläffen. Als er aufstand, tat er es nur mit drei Beinen, eines der hinteren hielt er in der Luft.

Verletzt und geschlagen bedeutete nicht, dass er eine Niederlage akzeptieren würde. Er stieß ein lautes Heulen aus, ein Heulen, das von allen auf dem Feld wiederholt wurde, als sie in ihre Wolfsgestalt wechselten und unheilvoll in ihre Richtung blickten.

Eine gewalttätige Anspannung erfüllte die Luft, ebenso wie das Heulen und Knurren von Herausforderungen.

Oh-oh.

Einen Augenblick lang drohte ein Anfall von Furcht. Arabella zitterte jedoch nur eine Sekunde, bevor ihr Mund in erstauntem Unglauben aufklaffte, als der Wald plötzlich vom Gebrüll von Katzen erfüllt wurde ...

Und von goldener Wut.

Der Rest des Löwenrudels war eingetroffen und bereit zum Kampf.

Hayder lachte. „Ich wette, damit haben diese Lykaner nicht gerechnet."

Nein, aber was noch besser war, sie waren zu beschäftigt damit, die Armee des Löwenrudels zu bekämpfen, um sich mit ihr und Hayder zu beschäftigen.

Sie legte ihre Hände auf seine Brust und blickte in sein

Gesicht. „Ich kann nicht glauben, dass du gekommen bist, um mich zu retten."

„Natürlich bin ich das. Ich würde dich doch nie irgendeinem dieser Bastarde überlassen."

„Danke. Das bedeutet mir viel."

„Du kannst mir später danken, wenn ich dich für mich beanspruche." Er zwinkerte ihr zu.

Er wollte sie immer noch als seine Gefährtin? Sie ließ ihn vom Haken. „Du musst mich nicht mehr für dich beanspruchen. Während ich an dem Baum hing, ist mir ein Plan eingefallen, wie ich sie dazu bekomme, mich in Ruhe zu lassen. Morgen werde ich als Erstes Jeoff zum Begünstigten all meines Vermögens machen." Das hätte sie schon damals machen sollen, als sie realisierte, dass die Rudel hinter ihrem Geld her waren.

„Selbst wenn du arm bist, bist du jetzt immer noch der Alpha des Rudels. Die Leute werden deinen Job wollen. Du brauchst jemanden, der dir den Rücken freihält."

„Weshalb ich Jeoff als meinen Beta einsetzen werde. Er kann das Rudel im Zaum halten."

„Was dir Freiheit schenkt."

„Genau. Du musst also dein Leben nicht für mich aufgeben."

„Baby, ich will dich nicht für mich beanspruchen, um deine Probleme zu lösen. Ich bin ein Löwe. Ich bin egoistisch. Ich will dich als meine Gefährtin, weil ich dich für mich will. Ganz allein für mich."

„Selbst wenn wir so unterschiedlich sind?"

„Weil wir unterschiedlich sind. Denn du bist der Hammer. Was sagst du? Willst du –"

Ein pelziger Körper nutzte genau diesen Augenblick für eine Unterbrechung, indem er in Hayder knallte und sie taumeln ließ.

„Entschuldigung?", bellte Hayder, als er schnell wieder auf die Füße sprang und sich um den störenden Wolf kümmerte, bevor er sich ebenfalls ins Schlachtgetümmel stürzte.

Müde, doch nicht verängstigt, setzte sich Arabella auf eine Stelle in dem weichen Klee, die nicht von Blut gekennzeichnet war, und sah zu. Obwohl die Löwen deutlich in der Unterzahl waren, hatten sie doch die Oberhand. Sie zeigten keine Gnade.

Während einige pelzige Leichen auf dem Feld lagen, humpelten die meisten Wölfe jedoch in die Schatten des Waldes davon, um ihre Wunden zu lecken und den spontanen Krieg mit den Löwen beizulegen.

Auch wenn der Mond traditionell den Wölfen gehörte, hielt das die Katzen des Rudels nicht davon ab, ein schnaubendes Heulen anzustimmen, eine Art Siegeshymne.

Aus all den versammelten goldenen Körpern stach einer heraus. Sein goldener Heiligenschein aus Haaren umringte ein Gesicht, dessen bernsteinfarbene Augen sich auf sie fixierten. Mit majestätischen Schritten kam Hayder auf sie zu und als er neben ihr war, musste sie nicht sehen, wie er den Kopf kippte, um zu verstehen, was er wollte.

Sie kletterte auf seinen Rücken und vergrub ihr Gesicht in seiner Mähne. Dann hielt sie sich an ihm fest und ließ sich von ihm vom Schlachtfeld tragen.

Das Rumoren über ihnen wirkte fast herbeigerufen. Wie günstig, dass der Regen plötzlich kam, um all die Gewalt wegzuwaschen, bevor die Behörden sie finden konnten.

Natürlich knurrte Hayder unzufrieden, als seine flauschige Mähne die Feuchtigkeit aufsog und zusammenfiel, während sie das prasselnde Wasser, das das Blut von ihrer Haut wusch, willkommen hieß.

Der kleine Sturm endete, bevor sie die Fahrzeuge des Rudels auf einem Parkplatz am Rand des Parks erreichten. Sobald sie dort waren, rutschte sie von Hayders Rücken und konnte sich ein Kichern nicht verkneifen, als Hayder wieder in seine menschliche Gestalt wechselte.

„Was ist so lustig, Baby?"

Sie zeigte auf ihn und kicherte. „Du hast Locken."

„Blöder Regen", knurrte er, als er versuchte, mit den Fingern seine lockigen Strähnen zu kämmen und zu glätten.

Als Hayder im Kofferraum eines Wagens herumwühlte, konnte sie nichts gegen das Niesen unternehmen, dass sich löste, als Hayder ihr ein Shirt gab, das nach ihm roch.

Sie musste ihm jedoch zugutehalten, dass er nicht laut stöhnte, als sie einen kleinen Anfall bekam, doch er drohte Luna damit, ihr den Kopf zu rasieren, sollte sie nicht aufhören zu lachen.

Nicht im Geringsten eingeschüchtert antwortete Luna: „Rühr meine Haare an und ich enthaare dich komplett, während du schläfst."

Die heitere Unterhaltung der Löwen, die mit ihnen in dem großen Van fuhren, wiegte Arabella auf Hayders Schoß in den Schlaf. Er behauptete, dass er sie so hielt, damit für alle genug Platz war. Die Tatsache, dass sie irgendwann den Rücksitz ganz für sich alleine hatten, änderte jedoch nichts an seinem Standpunkt. Sie blieb in seine Arme geschmiegt auf seinem Schoß und sabberte im Schlaf auf sein Shirt, da sie den Mund geöffnet lassen musste, weil ihre Nebenhöhlen wieder zu waren.

Als das Fahrzeug stoppte und Hayder mit ihr in den Armen ausstieg, wachte sie auf. Doch sie sagte ihrer frisch erwachten unabhängigen Seite, sie sollte sich heute Nacht freinehmen. Sie mochte Hayders galante Seite. Er behandelte sie wie etwas Kostbares und sie für ihren Teil entschied sich, das zu genießen.

Es schien so, als wären die Formalitäten mit dem Motel bereits alle geklärt worden, da Hayder eine Schlüsselkarte herausholte und sie in ein Zimmer im Erdgeschoss hineinließ.

Er setzte sie jedoch nicht ab, bevor er die Tür zugetreten hatte, und selbst dann behielt er seine Arme leicht um sie gelegt.

„Hüpf aufs Bett und ich decke dich zu", murmelte er.

Bett? Niemals. Sie war nicht mehr so müde, nicht jetzt, wo sie endlich alleine waren. Und ein Badezimmer hatten. „Ich muss heiß duschen."

Sie machte sich nicht die Mühe, eine Einladung auszusprechen. Sie vertraute darauf, dass ihr Striptease, während sie in Richtung der einzigen Tür des Zimmers schlenderte, verführerisch genug sein würde. Was er war.

Als sie über die Badewanne gebeugt das Wasser anstellte, trat er hinter sie.

Nackt.

Sehr nackt und erregt.

Seine Hände verbrannten die Haut an ihren Hüften. Die glühend heiße Länge seines Schaftes presste gegen den Spalt zwischen ihren Pobacken. Als sie sich aufrichtete, lehnte sie sich gegen ihn zurück. Sie liebte die Festigkeit seiner Brust an ihrem Rücken, das weiche Streifen seiner Lippen über ihren Kopf, das sinnliche Gleiten seiner Hände über ihren Bauch.

„Jetzt, wo wir alleine sind, darf ich zugeben, dass ich Angst hatte?" Seine Worte überraschten sie.

„Du? Angst? Wovor? Du warst diesen Männern weit überlegen."

Er drehte sie in seinen Armen. „Pah. Ich hatte keine

Angst vor diesen Idioten. Ich hatte Angst um dich. Als ich realisierte, dass sie dich hatten ..." Er hob ihr Kinn und strich mit seinem Daumen ihre Wange entlang. „Ich weiß nicht, ob ich es überleben würde, dich zu verlieren."

Sein Zugeständnis löste bei ihr ebenfalls eines aus. „Ich denke auch, dass ich es nicht überleben würde, dich zu verlieren. Ich habe dich ein kleines bisschen lieb gewonnen."

„Nur ein kleines?", neckte er.

Ein schelmisches Lächeln wölbte ihre Lippen. „Was dachte ich mir nur dabei, den Begriff klein zu benutzen? Nichts an dir ist klein." Sie legte ihre Hand um seinen Schaft und drückte ihn.

Er atmete ruckartig ein. „Und ich dachte, du wärst schüchtern."

„Nicht schüchtern. Ich habe mich nur versteckt. Aber damit ist jetzt Schluss. Sag hallo zu dem neuen, mutigeren Ich." Das neue, mutigere Sie zog an seinem Schwanz, bis er zu ihr in die Dusche stieg. Das warme Wasser ergoss sich über ihre Haut, machte sie nass, und was noch besser war, machte sie geschmeidig.

Sie stellte sich auf Zehenspitzen, um ihn zu küssen. Eine Verbindung ihrer Lippen als Ausdruck einer heißen Fusion von Leidenschaft, während sie mit der Hand seine Erektion streichelte.

Ihre Zungen duellierten sich um die Vorherrschaft und obwohl kein klarer Gewinner hervorging, keuchten sie beide erregt.

Seine Hand umfasste ihren Hintern und seine schwieligen Daumen streichelten ihre Haut. Aber dieses Mal würde es nicht nur um sie gehen.

Für einen egoistischen Löwen hatte ihr Hayder ziemlich viel von sich geschenkt. Er schenkte ihr Vergnügen. Er schenkte ihr Verständnis. Er half ihr, ihr wahres Ich zu finden. Die wahre Arabella. Jetzt wollte sie ihm etwas zurückgeben.

Sie fiel auf die Knie und brachte sich auf Augenhöhe mit seinem Schaft.

Er stöhnte schon, bevor sie ihren Mund nur nahe brachte. „Baby, was machst du?"

Sie antwortete, indem sie den runden Kopf seines Schwanzes in ihren Mund nahm und daran saugte. Fest daran saugte. Ein Zittern durchfuhr ihn und seine Finger flochten sich in ihr feuchtes Haar.

Sie nahm ihn tiefer in sich auf und genoss den in samtene Haut gehüllten Stahl. Alles an Hayder war stark. Inklusive seines Verlangens für sie.

Aber ihr Verlangen war genauso stark.

Sie verbrachte ein paar Minuten auf den Knien und schenkte ihm mit ihrem Mund Befriedigung, bis er kurz davor war und sie ihn in ihrem Mund pulsieren spürte. Dann stand sie auf, wich zurück und blies kalte Luft gegen ihn, wodurch er zitterte.

Während sie weiter seinen Schwanz bearbeitete, knetete sie seinen Sack, massierte ihn und rollte ihn durch ihre Finger, bis er eine Warnung knurrte: „Baby."

Ich denke, ich habe ihn, habe uns genug gefoltert.

Sie stand auf und legte ihren Mund auf seinen, auch als seine Hände ihre Taille umfassten und er sie anhob. Doch auch die kalten Fliesen, gegen die er sie drückte, konnten ihre fiebrige Haut nicht abkühlen.

Er zog seine Hüften zurück, weit genug, um mit seinem Schwanz gegen ihr Geschlecht drücken zu können. Sie schlang ihre Beine um ihn und zog ihn an sich, wodurch er ihn in ihren Körper bettete.

Er stieß ein lautes Stöhnen aus, als seine glühend heiße

Länge in sie glitt. Sie konnte nicht anders, als es ihm gleichzutun und ein Rumoren des Vergnügens von sich zu geben, als ihr Kanal sich um ihn verkrampfte.

Zusammen wiegten sie ihre Hüften gegeneinander, doch nicht stoßend, sondern kreisend und drückend und reibend. Egal welche Bewegung und welcher Winkel es gerade war, sein Schwanz bedeutete eine köstliche Reibung in ihr, die die Stelle stimulierte, die sie immer nur für einen Mythos gehalten hatte.

Sie klammerte sich an seine Schultern, als die Anspannung sich in ihr aufbaute. Und aufbaute. Und aufbaute. All ihre Muskeln verkrampften sich, besonders die in ihrem Geschlecht. Das Zittern ihres Kanals erwies sich als zu viel für ihn.

Er stöhnte, als er so tief in sie stieß wie er konnte und dort verharrte, während er seinen heißen Samen in sie ergoss. Das Pulsieren seines Schwanzes war genug, um ihren eigenen Orgasmus auszulösen.

Sie schrie seinen Namen, als sie kam: „Hayder."

Er stöhnte und als sie um seinen Schaft pulsierte, zog er sich zurück und stieß erneut in sie. Hinein und hinaus. Hinein und hinaus, wodurch er ihren Orgasmus verlängerte und gleichzeitig verstärkte.

Doch es war sein geflüstertes „Mein", kurz bevor er seine Zähne in das weiche Fleisch ihrer Schulter grub, das sie erneut kommen ließ – und obwohl es schmerzte, biss sie ihn ebenfalls.

Sie hatten einander für sich beansprucht.

Waren vereint.

Auf ewig.

Aber sie hatte keine Angst vor dieser Verpflichtung Hatte keine Angst davor zu leben. Nicht mehr. Nie wieder.

Epilog

Es war eine Woche nach dem ganzen Wolf-Herausforderungs-Fiasko, und das Löwenrudel war wieder zuhause, wo eine Feier stattfand. Die Siegesfeier. Sie sprachen einen Toast auf ihren Beta aus, der nun offiziell vergeben war. Und sie bejubelten Arabella zu ihrem Sieg über die Wölfe.

Doch die arme Arabella durfte ihren Status als Alpha nicht lange behalten. Der Rat der Lykaner löste das Rudel auf und schickte die Mitglieder zu anderen Rudeln, anstatt die Peinlichkeit, dass eine Frau ein Rudel führte, zu dulden.

Doch das war Arabella egal. „Hier kann man sowieso besser shoppen gehen."

Die Angriffe auf sie hatten nach der Schlacht aufgehört und um sicherzustellen, dass sie nicht wieder anfingen, ließ Hayder verlauten, dass er ihren süßen Hintern nicht nur für sich beansprucht hatte – in jeder Position, jedem Raum und auf jede Weise – sondern auch, dass sie ein Testament verfasst hatte, nach dem all ihr Vermögen im Falle ihres Todes an eine Wohltätigkeitsvereinigung gehen sollte, die misshandelten Frauen dabei half, ein neues Leben aufzubauen.

Doch diese Vorsichtsmaßnahmen bedeuteten nicht, dass Hayder nicht wachsam war. Er hatte in Arabella etwas Wertvolles gefunden und würde nie zulassen, dass ihr etwas zustieß.

Als Arabella ihre Haare trocknete, schnappte Hayder sich sein Deo und sprühte sich von Kopf bis Fuß ein.

Hatschi! Hatschi! Hatschi! Hatschi!

Es ging immer so weiter, während Hayder sein Deo und dann sie anstarrte. Als sie endlich mit roten Augen aufhörte und ein Handtuch auf ihr Gesicht drückte, konnte er es nicht erwarten, ihr die Nachricht mitzuteilen.

„Baby, du bist nicht allergisch gegen mich. Nun, eigentlich schon, aber nicht wirklich. Es ist das Deo!" Er schüttelte den Behälter und grinste.

Sie blickte ihn finster an.

Er grinste noch breiter und zuckte nicht zusammen, als sie knurrte und ihn schlug. Jeglicher Kampfgeist war ein Grund zum Feiern. Als sie das Badezimmer verließ, bewunderte er die Schönheit ihres herzförmigen Hinterns, bevor er das Deo in den Mülleimer warf. Er würde auf eine andere Marke wechseln müssen und seine Sachen gut waschen lassen, da der alte Duft sicherlich noch in dem Stoff hing.

Aber das würde er tun, und sehr bald. Er würde alles für sein Baby machen.

Er wartete damit, Arabella zu folgen, und sprang unter die Dusche, damit er sich den Geruch von der Haut waschen konnte. Als er wieder herauskam, nass und sauber, ging er sie suchen.

Überaus nackt und wunderschön saß sie auf einem Hocker und aß etwas knusprigen Bacon von einem Frühstückstablett, das die Küche des Löwenrudels hergerichtet hatte.

Bevor er sich jedoch ein Stück klauen konnte, knurrte sie: „Wage es nicht, meinen Bacon anzurühren."

„Sonst?"

Sie drehte sich schnell und geschmeidig zu ihm um. Innerhalb eines Sekundenbruchteils lag ihre Hand an seinem Schwanz.

Das war vielversprechend.

„Wenn du meinen Bacon isst, bist du nicht meine Nachspeise." Sie drückte ihn.

„Aber wenn ich ihn esse, bestrafst du mich. Und da du nackt bist und ich nackt bin ..." Er wackelte mit den Augenbrauen.

Sie lachte, ein freies und reines Geräusch, das nie versagte, ihn zu bezaubern. Er hoffte, es in Zukunft noch viel öfter zu hören, und freute sich darauf, noch mehr neckendes Funkeln in ihren Augen oder verschmitztes Grinsen auf ihren Lippen zu sehen.

Arabella hatte ihre Wölfin gefunden, und ihr Rudel. Sie hatte auch noch eine weitere wichtige Sache entdeckt. „Ich bin so froh, dass ich dich kennengelernt habe."

„Natürlich bist du das. Was auch der Grund ist, warum du mich heiratest und wir glücklich bis an unser Lebensende leben."

„Hast du je daran gedacht, mich das zu fragen, anstatt es einfach zu sagen?"

„Nein." Zu fragen bedeutete, ihr eine Chance zu geben, nein zu sagen, und er hatte bereits die Hochzeitsreise zu einem tropischen Strand gebucht – einem FKK Strand, *rawr*!

„Falls wir heiraten –"

„Was meinst du mit falls?", protestierte er. „Du bist bereits meine Gefährtin."

„Ja, aber die Ehe ist ein rechtlich bindender Vertrag, was bedeutet, dass wir einige Grundregeln aufstellen sollten."

„Willst du mir etwas vorschreiben, Baby?"

„Definitiv!" Sie strich mit ihrer Hand an seinem Schaft vor und zurück. „Hörst du zu?"

Ähm. Was? Verdammt. Er versuchte, sich zu konzentrieren. „Ich höre und ich gehorche. Dein Wunsch ist mir Befehl." Vielleicht würde sie sich etwas orale Befriedigung wünschen. Er liebte es, ihren Honig zu schlecken.

„Regel eins. Rühr meinen Bacon nicht an. Oder meine Schokolade. Oder praktisch alles, was ich esse oder vielleicht essen möchte."

„Moment, bedeutet das, dass ich nicht mehr masturbieren darf? Denn wir beide wissen, dass du das auch gerne isst."

Wie er ihre roten Wangen liebte. „Hayder!" Und ihren schockierten Ton. Sogar noch besser, er roch ihre Erregung.

„War das jetzt ein Ja oder ein Nein bezüglich diesem Mich-selbst-anfassen-Ding?"

Ihre Antwort war ein Knurren, als sie ihn ansprang. Er fing sie mit Leichtigkeit auf, doch erlaubte sich trotzdem zurückzutaumeln, bis seine Beine die Couch berührten. Er ließ sich darauf fallen, so dass sie mit gespreizten Beinen auf seinem Schoß saß.

Er hob die Hand, um ihr dunkles Haar zu streicheln, während sein Blick von dem ernsten Ausdruck in ihren Augen gefangen wurde.

„Ich schenke dir mein Herz und meine Seele, wenn du mir sagst, was in deinem Kopf vorgeht."

„Ich denke darüber nach, wie sehr mein Leben sich verändert hat."

„Zum Besseren natürlich."

Sie lachte. „Natürlich. Als würde dein Ego irgendetwas anderes erlauben."

„Ich würde alles für dich tun, Baby." Inklusive sich vom Kampf um die Position des Alphas zurückzuziehen, damit sie realisieren konnte, dass sie weder ihn noch irgendjemand anderes brauchte, um ihre Schlachten zu gewinnen.

„Ich weiß, dass du das tun würdest. Ach, was soll's, ich heirate dich. Und ich teile sogar meinen Bacon mit dir, und weißt du, warum? Weil ich dich liebe."

Gut, dass er bereits saß. Sie raubte ihm nämlich in genau diesem Moment jegliche Kraft. Sie fällte den mächtigen Löwen mit Worten.

Er war dieser mutigen Frau verfallen, die so viel durchgemacht hatte und jetzt immer noch verletzlich aus ihrem Kokon kroch und doch um so viel stärker war.

Zusammen, als Team, würde er ihr zeigen, wie man die Dämonen bekämpfte, die sie heimsuchten. Sie würden es mit der ganzen Welt aufnehmen. Als Gefährten würden sie eine Liebe und eine Leidenschaft teilen, die ihr den Rest ihres Lebens Freude bringen würde – und Leid jedem, der es wagte, sich einzumischen.

Wir werden ihnen die Köpfe abreißen.
Rawr.

Ein paar Wochen später ...

„Achtung! Kopf runter!"

Donk.

Leo fing ein Frisbee mit seiner Rübe, was ihn nicht

wirklich wunderte, da er sich in der Lobby des Wohnkomplexes aufhielt. Gewisse Leute wären wütend geworden – hätten vielleicht die Werferin gejagt und skalpiert. Andere hätten vielleicht eine Rauferei angefangen. Doch als Omega des Rudels musste er sich an einen gewissen Standard halten. Leo ließ den Ärger von seinen wirklich breiten – so breit, dass sein Football Coach auf dem College fast geweint hätte, als er nicht spielen wollte – Schultern abprallen.

Er ging einfach weiter in Richtung Aufzug, wo auch zufällig die violette Scheibe gelandet war.

Ein unbekannter Duft – katzenartig und köstlich – umgab ihn und wehte dann an ihm vorbei, als eine Frau an ihm vorbeirannte, um das Frisbee zu holen. Die Blondine, die er nicht erkannte, bückte sich, um die Plastikscheibe aufzuheben, wobei sich ihre kurze Sporthose an jede Kurve ihres zum Anbeißen geformten Hinterns schmiegte. Alles an ihr war groß, ausgeprägt und sinnlich.

Lecker. Und nicht nur sein inneres Tier dachte so.

Wer ist dieser köstliche Happen? Er konnte sich nicht erinnern, sie schon einmal gesehen zu haben, und hätte sie gewiss nicht vergessen.

Die unbekannte Frau richtete sich auf und drehte sich zu ihm um. Sie blickte ihn fast auf Augenhöhe an, was schier unmöglich war, da er fast zwei Meter zehn groß war. Doch diese Frau mit ihren sündhaften Kurven musste mindestens einen Meter fünfundachtzig groß sein, wenn nicht sogar noch größer.

Sie war nicht zierlich, keineswegs. Ihre beeindruckenden Brüste dehnten ihr T-Shirt und verzerrten die Zeichnung, unter der stand *Verdammt zarte Blume*. Ihre schmale Taille wurde von ihren ausladenden Hüften akzentuiert. Und ihr verschmitztes Grinsen passte zu der Heiterkeit in ihren Augen.

Obwohl Leo kein Mann großer Emotionen war, besaß er doch einen starken Drang, diese Frau in seine Arme zu ziehen und ... dekadente Dinge mit ihr anzustellen, die selbst sein starkes Herz zum Rasen bringen würden.

„Aber hallo, großer Mann. Ich denke, wir kennen uns noch nicht."

Das taten sie wirklich nicht, denn er hätte sich an sie erinnert – und sich vorgenommen, ihr aus dem Weg zu gehen, denn jeder, der ihre frech geneigten Hüften und den bewertenden Blick in ihren Augen sah, musste wissen, dass sie Ärger bedeutete.

Und Leo mochte keinen Ärger. Er zog ruhige Momente vor. Ruhige Ausflüge. Ruhige Abende. Ruhe. Eine Ruhe, die sie mit ihrem Frisbee unterbrochen hatte, weshalb er sie tadelte. „Drinnen ist Frisbee-Spielen verboten. Das steht in der Hausordnung." Er wusste das. Er hatte geholfen, sie aufzusetzen. Leo mochte Regeln und er erwartete, dass man sie befolgte. Wenn eine Gruppe Raubtiere auf so engem Raum zusammenlebte, war es wichtig, hitzige Gemüter unter Kontrolle zu halten, weshalb er den Job hatte, die Regeln durchzusetzen und den Frieden zu bewahren.

„Man darf hier drinnen auch nicht spielen?" Sie schmollte. „Weißt du, ich hatte Ärger mit einem netten Polizisten, weil ich auf der Straße gespielt habe. Wenn ich hier drinnen nicht spielen darf und draußen auch nicht, wo soll ein Mädchen dann spielen?"

Oben, elfter Stock, Wohnung 1101. In seinem Schlafzimmer war genügend Platz. Natürlich waren bei dem Sport, den er sich vorstellte, keine Sportgeräte nötig. Und auch keine Kleidung. Aber ihr zu sagen, dass sie nackt mit ihm spielen konnte, war nicht die Antwort, nach der sie suchte. „Wir spielen nicht in der Stadt. Nicht genug Platz. Dafür ist die Ranch da."

„Ah, die Farm. Gibt es die immer noch? Genial."

„Du kennst sie?" Er runzelte die Stirn. Obwohl sie kein streng gehütetes Geheimnis war, wussten nur bestimmte Gestaltwandler von dem Grundstück. „Wer bist du? Ich denke nicht, dass ich dich hier schon einmal gesehen habe."

„Ja, es ist schon länger her, dass ich zu Besuch war. Das passiert, wenn ein Mädchen wegen eines dummen Missverständnisses ein paar Jahre verbannt wird."

Verbannt? Moment. Er wusste, wer sie war. Er hatte gehört, dass Arik etwas von einer Cousine väterlicherseits erzählt hatte, die einige Zeit zu Besuch sein würde. Sie musste sich aufgrund irgendeines Skandals verstecken, bis Gras über die Sache gewachsen war. „Du bist diese Unruhestifterin aus dem Westen, oder?"

„Ich, eine Unruhestifterin? Nein, das ist meine Schwester, Teena. Ich bin Meena, ihre Zwillingsschwester, eher bekannt als Katastrophe. Aber du kannst mich deine Gefährtin nennen."

Und mit diesen Worten warf sie sich ihm an den Hals und gab ihm einen großen, saftigen Schmatzer auf die Lippen.

ENDE... VON HAYDER UND ARABELLAS GESCHICHTE, DOCH DER SPASS GEHT IM NÄCHSTEN BUCH MIT LEOS GESCHICHTE WEITER. Wenn ein Löwe Begehrt (Buch 3)

www.ingramcontent.com/pod-product-compliance
Ingram Content Group UK Ltd.
Pitfield, Milton Keynes, MK11 3LW, UK
UKHW042002230426
12048UKWH00009B/486